KB033735

방랑기

放浪記

PROLOGUE

어렸을 적부터 지금까지 줄곧 쑥스러움이 많은 사람으로 살고 있지만, 국소적이나마 자신감을 잃지 않고 있는 덕분에 제 글의 역사는 이제 막 6년짜리가 되었습니다. 사실상 길지 않은 역사임에도 불구하고 이렇듯 막힘없이 세 번째 책을 펴낼 수 있는 건 작가로서 일찍이 과분할 만큼 훌륭한 독자와 조력자를 만난 덕분이 아닌가 생각합니다. 돌이켜보건대 도무지 혼자서 잘한 일은 한 가지도 없는 것처럼 느껴지는 것이 있는 그대로의 잔혹한 실상입니다. 하지만 포기하지 않고 계속해 글을 써 내려간 점에는 제게도 역시 칭찬할 만한 역사가 존재한다는 뜻이겠지요.

이 책의 제목이 정해지기도 훨씬 전, 그러니까 이곳에 실린 원고 중 가장 처음 쓴 글을 붙잡고 있던 때의 무척이나 막연했던 심정을 기억하고 있습니다. 그 무렵의 저는 쓸 수 있는 것과 쓸 수 없는 것, 그리고 써야할 것과 쓰지 말아야 할 것을 구분하려 애쓰며 까다로운 잡념들과 맹렬히 싸워나갔습니다. 아마 이렇게 적어두어도 충분히 표현되지 않으리라 생각하지만 겨우 한줄을 쓰고서도 얼마 안 가 덜컥 후회가 들고, 지우고 나서는 전보다 더욱 신중해져서 다시 한 줄을 쓰기까지또다시 오랜 시간을 보내야 했습니다. 언제라고는 대단한 확신을 갖고서 손을 움직였냐만 좀처럼 자그마한 확신도 들지 않아 어렵고 긴긴 시간이었습니다.

그때 저는 백지 위를 떠났다가, 떠돌다가, 돌아오기를 반복하는 제 자신을 바라보며 영락없는 방랑자의 모습이라 느꼈습니다. 어느 정도는 지쳐버렸고 마땅히 세워둔 대책도 없지만 어쨌든 계속해 정처 없는 걸음을 옮겨나가는 것이었습니다. 한데, 저는 그처럼 백지 위에서 펼치던 방랑이 내심 마음에 들었던 것 같습니다. 지금 이 순간 그 막연했던 심정 이외에 한 가지를 더 떠올리고 있는 것을 보면 말입니다. 그건 어떻게든 고집스럽게 써나가겠다는 나름의 왕성한 박력이었습니다. 그런것이 있었기에 저는 두들겨 맞으면서라도 상대의 품 안을 파고드는 복서가 되어 모쪼록 되는대로 글을 써나갈 수 있었던 것입니다. 되는대로 써나간다는 표현이 어쩌면 실례가 아닐까 하는 생각이 들지만, 여기서 말하는 '되는대로'는 자포자기를 뜻하는 게 아닙니다. 반복하건대 어떻게든 안으로 파고들어 경기를 승리로 이끌겠다는 '왕성한 박력'을 잊어서는 안 되는 것이지요. 변명을 늘어놓으려는 게 아니라 되는대로 써 내려갔다는 바로 그 느낌이 이 책 <방랑기>에 남다른 생명력을 부여하고 있지 않나 생각하고 있습니다.

아무쪼록 제가 여러분께 미리 밝혀두고 싶은 말은 앞서 언급한 '왕성한 박력'이라는 것을 저는 여전히 소진하지 못했다는 점입니다. 물론 그런 게 부재하더라도 제 글의 역사는 어찌저찌 이어질 것이라 믿고 있지만, 기왕 실재하는 김에 앞으로도 더욱 열심히, 즐겁게 방랑하자는 것이 제가 지닌 계획입니다. 어쩌다 보니 시작도 전에 거창한 출사표를 던지는 식이 되어버렸네요. 그러나 여러분, 이건 꼭 글쓰기에 관한 얘기만은 아닐 텝니다. 삶에는 상향하는 단계, 표류하는 단계, 추락하는 단계가 모두 있다고 생각합니다. 또 상향하는 단계에는 비상하는 데 즐거움이 있고, 표류하는 단계에는 정처 없이 떠도는 데에 즐거움이 있습니다. 심지어는 추락하는 단계에조차 낙하하는 즐거움이 있지 않던가요. 우리는 그러한 즐거움을 토대로 각자의 방랑기를 기록해나가고 있는 게 아닐까, 저는 요즘 자주 생각하고 있습니다.

구태여 방랑을 이어 나가려 하는 건, 나아가 그것이 영원히 반복되기를 열망하는 건 제가 목표지향적인 사람이 아니어서일까요? 그러나 제게도 숭고한 목표가 없지는 않은데요. 저는 더욱 많은 사람들이 읽고, 쓰기를 바라고 있습니다. 요컨대 활자의 승리랄까요. 이 세계 안에서 저는 그 외의 것들로부터 그것을 지키는 쪽에 서서 힘을 보태려 합니다. 당장 저 자신부터 즐겁게 읽고 쓰는 것이 관건이겠죠. 적고 나서 보니 어쩌면 저는 지독히도 목표지향적인 사람인지도 모르겠다는 생각이 듭니다. 역시 제게도 칭찬할 만한 역사가 분명히 존재하는 모양입니다.

CONTENTS

2. 표류

3. 귀소

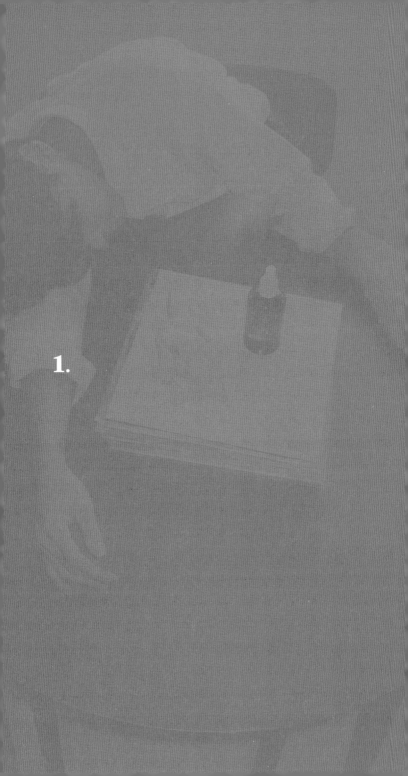

1.

유랑

고마워요, 친절한 켄트미어군

몇 년 사이에 필름의 가격은 굉장히 비싸졌다.

그게 얼마만큼이냐면, 컬러 필름의 경우 3년 전 가격과 비교해 적게는 2배, 많게는 5배 가까이 비싸졌다. 같은 기간 동안 최저 시급은 고작 800원이 인상되었다. 경제나 정치를 비롯해 세상 돌아가는 일에는 한없이 관심이 모자란 나조차 그것이 상식의 수준을 벗어난 일이라는 것쯤은 알 수 있다.

왜 이렇게 비싸진 걸까? 자주 왕래하는 현상소 사장님과 얘기를 나눠 본 결과, 필름의 가격이 오른 이유는 필름을 만드는 데 필요한 은의 시세가 오른 것과 코로나바이러스의 범세계적인 영향을 꼽을 수 있다고 한다. 하지만 그런 얘기를 들었다고 해도 의문은 사라지지 않는다. 은을 재료로 한 모든 제품의 가격이 다섯 배나 인상되었을 리 없는 데다, 코로나바이러스가 필름의 시세에 정확히 어떤 식으로 영향을 미치고 있는 건지 나 같은 사람은 똑바로 이해할 수 없다.

'예전에 비하면 무시할 수 없는 가격이야.' 하고 그럭저럭 넘어갈 만한 수준이 아니다. 최근 우크라이나와 러시아의 전쟁으로 노르웨이산 연어의 시세가 계속해서 오르고 있다는 소식을 접한 바 있다. 나는 요리를 전혀 하지 않기 때문에 그것의 가격이 정확히 얼마나 올랐는

지까지는 들여다보지 않았지만, 그것이 필름에 비하면 기가 차지 않을 정도라는 것은 알고 있다. 연어 100g을 사 먹던 돈으로 이제는 20g밖에 살 수 없게 되었다면 이 세계는 그것을 꽤 심각한 문제로 여겼을 테고, 자연히 디테일한 수치까지 내게 들려오지 않았을까, 하고 생각하는 것이다.

하지만 이 세계는 필름의 가격 따위에는 별로 관심을 주지 않는다. 적어도 공공연하게 TV 뉴스나 기사로 보도되는 일은 없다. 하긴, 연어를 즐겨 먹는 인간의 수가 필름을 소모하는 인간의 수보다 압도적으로 많을 테니까. 그런 것쯤은 이해할 수 있다.

이미 가격이 오른 뒤에 필름을 사용하기 시작한 사람은 그다지 불평하고 싶은 마음이 들지 않을지도 모르지만, 몇 년 전까지 단돈 몇만 원으로 필름을 한가득 쌓아두고서 사진을 찍을 수 있었던 나로서는 체감하는 부담의 정도가 작지 않았다.

그런데 필름 가격의 전례 없는(전례가 있는지 없는지 정확히 알 수는 없지만) 폭등에는 한 가지 사소한 아이러니가 있다. 그것은 컬러 필름에 비해 흑백 필름은 가격 변동의 폭이 크지 않다는 사실이다. 내가 처음 사진을 찍을 때만 해도 흑백 필름이 컬러 필름보다 얼마 간 더 비쌌다. 현상 업무를 겸하는 동네 사진관의 경우 는 흑백 필름을 취급하지 않기도 하고, 현상 비용도 흑 백 필름 쪽이 조금 더 비싸기 때문에 웃돈을 얹어 흑백 으로 찍을 바에야 컬러 필름으로 왕창 찍는 편이 합리 적이다, 라는 것이 당시의 추세 같은 거였다.

한데, 이제는 상황이 뒤바뀌어 버렸다. 나란히 놓고 비교하기가 무색할 만큼 컬러 필름의 가격이 훌쩍 올라 버린 거다. 컬러 필름 한 롤의 가격으로 흑백 필름을 두 어 롤이나 구매할 수 있다. 이것을 컷 수로 대입하면, 컬 러로 36컷을 찍을 것이냐, 흑백으로 108컷을 찍을 것이 냐 하는 얘기가 된다. 주머니가 묵직한 사람은 그럼에도 불구하고 컬러를 선택할 수 있겠지만, 안타깝게도 내 쪽 은 신중할 수밖에 없다.

그런 이유로 나는 줄곧 흑백 필름을 찍고 있다. 흑 백 필름에도 그 종류가 무척이나 많은데, 개중에 내 가 마음 놓고 구매할 수 있는 건 친절한 켄트미어 군 (KENTMERE 400)뿐이다. 켄트미어 군만큼은 가격이 거 의 오르지 않은 것이다. 어쩌다 다른 필름에 눈을 돌리 면, 여지없이 심리적으로 위축되고 만다.

'컬러는 싫다. 흑백으로만 찍겠다.'라거나 '컬러는 요란하다. 이번 작업은 흑백이 어울린다.'라는 식의 얘기라면 아무런 문제가 없다. 그러나 '다른 건 비싸서 엄두를 낼 수 없다. 그러니 켄트미어로 찍어야만 한다.'라는 얘기가 되고 나면 어쩐지 멜랑콜리한 기분이 들고만다. 뭐랄까, 이렇게만 얘기하면 단순한 얘기 같을지모르지만, 조금 더 깊게 들어가면 꽤 고달픈 얘기가 되고 만다.

고도의 자본주의 사회에서 우위를 점하지 못한 탓에 '컬러'를 잃어버리게 된 것이다. 달리 말해 나는 이 세계로부터 다양성을 박탈당했다는 얘기가 된다.

적당한 예가 될지는 모르겠으나, 일본의 특정 세력은 우리 조상들이 백의민족이라 불린 이유에 대해서, 색을 입힌 옷감을 살 돈이 없었던 탓에 흰옷을 입을 수밖에 없었기 때문이라며 거짓 선동을 했다는데, 내 경우도 그처럼 악의적으로 왜곡시킨 내용을 직접 겪고 있지 싶다. 누군가 '과장이 심하군.' 하고 지적한다면 그 이상할 말은 없지만 말이다.

그래서 과연 나는 현재와 같은 상황에 어떤 마음가짐으로 임하고 있는가?

그야 단순히 즐거운 마음으로 임하고 있다. 그러는 수밖에 없다고 생각한다. 나는 무엇보다 필름을 소모하는 일을 좋아하고, 그것을 다른 무언가로 대체하지 못하는 타입의 인간이기 때문이다.

아쉬운 경우가 전혀 없는 건 아니다. 예컨대 색과 빛의 조응이 아름다운 피사체나 풍경을 발견해도, 수중에는 흑백 필름뿐이니 그대로 찍는 수밖에 없다. 그런 식의 곤란한 경우가 여러 번이나 생겨난다. 그러나 그것은 대개 잠깐의 아쉬움에 그치고 말 뿐이다. 아쉬운 마음을 뒤로하고서 단지 사진 찍는 일에 충분히 몰입하게 되면, 그것이 컬러 사진이든 흑백 사진이든 불평 같은 건 전혀 하지 않게 되는 것이다. 그러니 누군가 내게 사진을 찍는 재미나 의미 같은 것들이 반감되지는 않았는지? 라고 묻는다면, 나는 전혀 그렇지 않다고 대답해야 할 것이다. 사진을 즐겁게 찍기 위해 필요한 건 스스로가 그 행위에 얼마만큼이나 빠져들 수 있는가에 달린 게 아닐까, 하고 생각하고 있기 때문이다.

또한 컬러 필름의 가격을 감당해내지 못하게 된 뒤로 내 사진의 아름다움이 반감되었는가? 하면 그 또한 역시 사실이 아니다. 바로 며칠 전에는 오랜만에 암실을 찾아 직접 현상과 인화 작업을 했는데, 필름에 맺힌 상

17

을 보고는 한동안 넋을 놓고 감격했다. 좋은 사진이군, 하고 생각했다. 거기에는 절묘한 흡인력이 있었다. 무엇인가를 끌어당기는 힘. 카리스마가 있었다. 그것은 정말이지 나를 어딘가로 데려갈 것만 같았고, 그와 같은 경험은 살아생전 처음 느껴 보았다. 흑과 백, 그러니까 빛과 그림자 사이에는 무수한 강약이 존재하는데, 그 섬세한 차이가 입체감을 만들고 손가락 두 마디 정도 되는 크기의 프레임 안에 하나의 선명한 세계를 재현한다. 그를 위해서는 켄트미어 군 정도로도 충분하다.

그런 경험을 하고 나니, 이제는 정말이지 불평할 것 하나 없이 켄트미어 군에게 고마워하며 신나게 사진을 찍을 수 있게 되었다. 한동안 형편이 개선될 때까지는 계속해서 흑백 사진을 찍을 생각이다. 그러고 나면 훗날에는 그것이 나의 클래식으로 남게 되는 게 아닐까. 고유의 스타일로서 말이다. 물론 그동안에는 사진을 찍는 감각도 향상될 테고, 사진을 대하는 마음가짐에도 유의미한 성장이 일어날 테다. 어떤 한 가지 일을 잘하게 되는 데에 필요한 요소인 솜씨와 태도, 그 두 가지를 착실히 쌓아 나가게 되는 것이다.

나는 그와 같은 태도가 나의 삶의 태도로 이어지기

를 바라고 있다. 세상이 내게서 컬러를 앗아가려 할 때, 일시적인 제한에 항복하지 않고 자신이 할 수 있는 일을 찾아 묵묵히 해내는 것이다. 남아있는 흑백의 진가를 발견하고, 그것을 완벽히 숙달하는 기회로 삼는 거다. 그러면 멀지 않은 날에 그 제한이라는 것을 뚫고 앞으로 나아갈 만큼 성장하게 되는 게 아닐지. 그런 식의 성장을 거듭해 나가는 것이야말로 이토록 불완전한 세계를 즐겁게 살아가는 방법이라고 생각한다.

당연한 얘기지만, 필름 가격이 지나치게 올라버렸어, 하고 디지털 사진으로 냉큼 갈아탄다거나, 사진 찍는 일을 그만둬 버린다면, 그와 같은 성장은 일어나지 않는다. 그러한 경우라면 대개 성장 대신 초라함을 떠안고 만다. 패배감이다. 나는 그 패배감이라는 것에 대해서 잘 알고 있다. 그동안 여러 가지 일들을 포기해 버렸고, 패배해 버렸고, 그때마다 떠안게 된 초라함을 여전히 완전히는 떨쳐 내지 못하고 있기 때문에. 초라함. 지겨운 단어다.

모쪼록 켄트미어 군, 고마워요. 덕분에 아랑곳하지 않고 필름을 찍고 있습니다.

내가 바라는 여름휴가란

부쩍 휴가 계획을 묻는 말을 자주 듣는 걸 보면 바야흐로 여름 휴가철이 다가온 모양이다.

　착실히 직장에 다니는 이들은 대개 이맘때가 아니면 짐을 꾸리고 떠날 틈이 좀처럼 나지 않을 텐데, 나처럼 한가한 프리랜서는 꼭 휴가철이 아니라도 마음만 먹으면 언제든 며칠이고 휴가를 떠날 수 있다. 그 대신 그러한 생활에 대책 없이 익숙해져 버린 탓에 저 혼자서는 '슬슬 여름 휴가철이 다가오고 있어.' 하고 체감할 겨를이 없지만 말이다.

　마치 부러움을 살 것만 같은 얘기이다. 그러나 시간이라면 넘쳐나는 내 쪽도 나름의 이유로 마음대로 휴가를 떠날 형편은 아니라서, 따져 보면 결국 직장인 쪽이나 내 쪽이나 매년 휴가를 떠나는 횟수는 별반 차이가 없다. 풍요 속의 빈곤이랄까. 그 이유에 대해서 구태여 밝히는 것은 자존심이 상하는 일이다만, 정녕 사람들 휴가를 떠나지 못하는 이유가 시간이 없어선 말인가? 돈이 모자라서가 아니라? 어느 쪽이 더 불행한 일인고, 하면 논쟁의 여지가 다분하다.

　애초에 내가 사람을 만나 대화다운 대화를 나누는 건 별로 자주 있는 일이 아니라서 그래 봤자 두세 번이지만, 상대가 휴가 계획을 물어올 때마다 나는 녹음해 둔 파일을 그대로 재생해도 문제가 없을 정도로 똑같은 대답만을 되풀이했다.

딱히 생각해 보지 않았네요. 저야 아무 때나 다녀와도 나무랄 사람이 없으니까요, 하고 두루뭉술하게 넘어가는 게 내 나름의 전략이었다.

생각해 보지 않았다. 나야 아무 때나 떠나도 나무랄 사람이 없다. 그야 지당한 대답이다. 상대가 물어오기 전까지는 정말로 휴가를 떠날 생각 같은 건 하지 않았으며, 내가 언제 어디로 떠나든 나무랄 사람이 어디에 있겠는가.

말마따나 "이런 중요한 시기에 저 혼자 놀러 가겠다니. 형준 씨는 생각이 있는 겁니까?"라든지 "이때가 아니면 어림도 없으니 날쌔게 어디라도 다녀오도록 해요. 나중에 가서 후회하지 말고."라는 식으로 핀잔을 주는 인간은 일단 오늘의 내 삶엔 등장하지 않고 있다.

그럼에도 정작 나는 남들은 떠나고 싶어도 당최 시간이 나지 않아 그러지 못할 때는 작업실 부근만 어슬렁거리기 일쑤다. 그런 주제에 본격적인 휴가철이 되면 어디라도 다녀오지 않고는 억울한 심정이 들고 마는데, 그럴 때면 천정부지로 치솟는 성수기 물가에 기세가 눌려

또다시 혀를 삐죽 물고 작업실 일대만 전전하게 된다. 불평할 자격이나 있나. 애당초 남들 하는 거 다 하면서 살고 싶었으면 이렇게 살 게 아니었다. 가끔은 하기 싫어서 못 참겠는 일도 어른답게 해내고, 당장 하고 싶은 일이라도 차분히 따져봐야 했는걸. 그랬더라면 세상을 상대로 서운할 일이 적어도 지금보다는 적었을 것이다.

각설하고, 이제라도 여름휴가의 계획을 세워 보려는 참이다.

내가 바라는 휴가의 첫 번째 필수 조건은 가능한 한 길고 지루한 휴가여야 한다는 것이다. 하루나 이틀쯤의 휴가는 드높은 성수기 물가를 고려하더라도 계획 같은 것 없이 당장이라도 떠날 수 있다. 올해 초에는 운전 연습도 마쳐 뒀으니 숙박 비용을 아낄 겸 당일치기 여행이라도 떠나면 그럭저럭 신나는 시간이 보장되어 있을 것이다. 하지만 내가 진정으로 바라는 휴가는 최소한 한 달 정도의 시간을 들인 여행이다. 그러려면 한 달 동안의 여행 경비와 더불어 한 달 작업실 월세를 통째로 낭비할 각오가 선행되어야 한다. 각오뿐이어서도 곤란하다. 통장 잔고가 허락해야지 가능한 일이다. 역시 오늘내일 중으로는 실현 가능성이 지극히 떨어지는 얘기다.

하지만 계획대로 되지 않는 인생에 대해서는 더 이상 하고 싶은 얘기조차 없는 시점이다. 마음대로 적어 나가보자.

보스턴백을 바닥에 던져 놓고 급한 대로 짐부터 꾸리기로 한다. 먼저 노트북을 챙기고, 사용법이 간단한 카메라 한 대와 복잡한 한 대를 챙긴다. 노트와 펜을 챙기고, 35mm 필름과 120mm 필름을 각각 다섯 롤씩 챙긴다. 그다음 셔츠 세 벌, 청바지 두 벌, 그리고 수영복과 비치 타월을 챙긴다. 읽을거리로는 읽기 쉬운 책한 권, 읽기 어려운 책 한 권을 골라 넣는다. 무라카미 하루키의 단편집과 로버트 메이플소프의 전기쯤이면 조화롭다. 마지막으로 콘택트렌즈와 칫솔, 치약을 챙긴 뒤 남는 공간에 스웨터 한 벌을 최대한 납작하게 구겨 넣고 나면, 빼먹어서 곤란한 물건들은 얼추 모두 챙긴 셈이다.

그러면 곧장 헤드셋을 목덜미에 걸고 바깥으로 나선 뒤에 본가에 주차되어 있는 낡은 승용차를 빌려 조수석에 보스턴백을 던져 넣는다. 그리고 안전 벨트를 매고, 브레이크를 밟고, 시동을 걸고, 지하 주차장을 빠져나온다.

그 길로 휴가가 시작된다.

프랑스 영화에서는 사정이 생겨 휴가를 떠나지 못하게 된 친구로부터 비어 있는 별장이나 아파트 키를 건네받는 장면이 심심찮게 등장한다. 그곳이라고 정말로 그런 일이 일어나는 건지에 대해서는 알 수 없으나, 어쨌든 그러한 행운을 계기로 영화의 배경은 바다와 가까운 어느 곳으로 휙, 하고 전환되곤 한다. 그야말로 간단한 기법이다. 주인공이 길을 걷다 친구를 만난다. 그들은 서로의 여름휴가 계획을 묻고, 이번에는 틀렸다며 고개를 가로젓는 친구는 주인공에게 열쇠를 건넨다. 모쪼록 자신의 몫까지 즐겨 달라는 식으로 말이다. 주인공이 해야 할 일은 고맙다고 말한 뒤 그대로 짐을 꾸려 그곳으로 향하는 거다. 어쨌든 집이라는 것도 사람의 손을 타지 않으면 이모저모 문제가 생겨나기 마련이니 피차 잘된 일이다. 물론 그러한 행운의 주인공이 내가 될 수 없다는 사실은 자명하다. 내가 사는 곳은 영화가 아니라 현실이고, 나의 온 대인관계를 총망라해도 해변을 앞에 둔 별장이나 아파트를 무상으로 빌려줄 사람은 결코 없는 것이다.

하여, 나는 바다와 가까운 가장 싼 방 한 칸을 거점으로 둔다. 벌레의 침입으로부터 안전하다는 것, 그리고 필요한 만큼의 온수가 나온다는 것을 최대의 장점으로 꼽는 조촐한 단칸방이다. 벌레가 아닌 들개나 길고양이는 마음만 먹으면 방충망을 찢고 침입할 수 있는 허술한 시골 단칸방. 나는 따분해할 새 없이 치열한 드라이브로 그곳으로 향한다.

거점에 도착하면, 곧장 수영복으로 갈아입은 뒤 셔츠를 등에 엎어 묶고, 비치 타월과 책 한 권을 달랑 챙겨 다시 차에 올라탄다. 마치 주어진 임무가 있는 사람처럼 비장하게 말이다. 그러고는 가까운 해변까지 맨발로 금세 뜨겁게 달궈진 브레이크와 액셀러레이터를 번갈아 밟아가며 운전하는 거다. 돌아갈 때는 내비게이션을 보지 않고 찾아올 수 있도록 주위 풍경을 충분히 눈에 담아 가면서.

해변에 도착하면 핸드폰은 전원을 끄고 뒷좌석에 던져버린다. 그것을 휴가가 끝날 때까지 찾지 않는 것은 하나의 도전이다.

해변에 자리를 잡는다. 모래사장 위에 비치 타월을 깔고, 그 위에 누워 한동안 가만히 볕을 쬐 준다. 이윽고 땀이 맺힐 무렵에 바다로 뛰어들어 그동안 무지하게 참았다는 듯이 전투적으로 수영한다. 상어에게 쫓기듯 전력을 다한 자유형! 더 이상 팔을 저을 힘이 없어지면 물 밖으로 나와 냅다 드러누워 책을 읽기 시작한다. 서너 페이지쯤을 읽다 말기를 수십 번 반복하며 필시 되팔 수 없을 만큼 모래와 바닷물로 책을 오염시키는 거다. 그로써 독자의 권위를 바로 세워 보는 거다. 기억 속에 책을, 책 속에 기억을 듬뿍 묻혀 두는 거다.

그렇게 바다와 모래사장을 번갈아 오가기를 다섯 번쯤 반복한 뒤, 능소화처럼 예쁜 여름꽃을 찾아 그 옆에 서서 담배에 불을 댕긴다. 홀딱 젖은 제 차림과 꽃이 얼마나 어울리는가, 담배를 피우며 곰곰이 헤아린다. 그리고 다시 깔아둔 자리로 돌아와 남은 볕을 마저 쐰다. 만약 해변에서 새로운 친구들을 사귈 겨를이 생긴다면, 앞뒤 재지 않고 적극적으로 그들의 친구가 되어 본다. 어른, 아이, 노인 구분하지 않고 볕 아래 헐벗은 수영복 차림으로 하나 되어 다음 날에도 해변에서 만나자고 약속한 뒤에 미련 없이 헤어지는 거다. 그러고는 다시 맨발로 운전해 숙소로 돌아간다. 창문을 활짝 열고, 떠오르는 노래 한 곡을 들으면서.

숙소로 돌아가면 뜨거운 물로 샤워를 하고, 끼니를 때우고, 또 그 동네에 핀 꽃을 찾아가 담배에 불을 댕긴다. 온 동네 꽃들에게 추파를 던지는 거다. 누가 나랑 가장 잘 어울리는가, 지치지도 않고 저울질하는 거다. 그러다 해가 지면 한없이 침울한 기분이 되어 방으로 돌아가 삼십여 분쯤 소설을 쓰고 벌렁 드러누워 잠을 잔다.

날이 밝으면 해변으로 뛰쳐나갈 생각만 하며 원인 모를 슬픔을 견뎌 내는 거다. 머지않아 날이 밝을 테다. 맨발로 5분만 운전하면 해변에 도착할 테다. 거기엔 뜨거운 땡볕이, 시원한 바다가, 폭신한 모래사장이, 새로 사귄 친구들이 있다. 그렇다면 하루 새벽쯤은 눈 딱 감고 얼마든지 가라앉아도 좋지 않은가? 그런 생각으로 저 자신을 다독이며.

그러기를 며칠이나 반복한다.
아니, 돌아가는 날까지 하루도 빠짐없이 반복한다.
낡은 시트 사이로 모래 알갱이가 수북이 쌓일 때까지.
신발을 신고 운전하는 것이 이제는 어색해질 때까지.
옷을 입고 볕을 쬐는 일이 정녕 견딜 수 없어질 때까지.
한 번도 추파를 던지지 않은 꽃이 동네에 더 이상

남아나지 않을 때까지.

새로 사귄 친구들의 얼굴과 머리칼, 그을린 피부, 또 그들이 물에 들어가 놀 때 모래사장에 남기고 간 흔적들이 가져간 필름을 모두 차지할 때까지.

매일 삼십여 분쯤 쓴 소설이 단편 분량이 될 때까지.

작업실의 레코드와 기타가 보고 싶어 더 이상 참을 수 없을 때까지.

옥상에 내놓고 온 식물들이 말라 죽어 버렸을지도 모른다는 걱정이 몹시 대수로운 자괴감으로 변할 때까지.

상어에게 쫓기듯 절박한 자유형이 그들의 유영처럼 부드러워질 때까지.

바다와 해변, 땡볕, 그리고 그곳의 모든 것에 완전히 질려 버려 서울로 돌아가고 싶어질 때까지.

슬슬 동네 주민과 얼굴 붉혀가며 언쟁할 일이 생겨날 때까지.

도저히 이곳에선 더 이상 살아 있는 것 같다는 느낌이 들지 않을 때까지.

그리고 그 따분한 여정을 어떠한 기대도 설렘도 없이 내년에 다시 반복하고 싶어질 것 같다는 예감이 들 때까지.

내가 바라는 여름휴가는 그런 것이다.

휴가를 계획해 보자고 시작한 글이 마치 짧은 소설의 줄거리처럼 되었다. 이래서야 계획대로 되지 않는 인생뿐 아니라 계획대로 전개되지 않는 글에도 나는 더 이상 하고 싶은 말이 없지 싶다. 웃어야 할 것인가, 울어야 할 것인가? 잘은 모르지만 다음 여름 휴가철에도 누군가 내게 휴가 계획을 묻거든, 제대로 된 대답을 하기는 틀려먹었다는 것만은 예견해 볼 수 있다.

하지만 이렇게 적어도 우리들끼리는 알고 있게 되었다. 내가 바라는 여름휴가가 어떤 것인지.

혹여 당신과 내가 해변에서 마주치거든, 우리는 정말로 쉽게 친구가 될 수 있지 않을까?

이 글을 적기 시작하는 지금으로부터 지난 5박 6일은 휴가 기간이었습니다.

내가 가장 미숙한 분야, 그러니까 세상살이와의 지난한 타협 끝에 어렵사리 확보한 휴가였습니다. 현실적인 여건을 따지지 않고 휴가를 떠날 수 있도록 힘을 실어준 것은 며칠 사이 연달아 본 에릭 로메르의 <녹색 광선>, <여름 이야기>, <해변의 폴린느>였습니다. 그 세 작품이 내게 내재되어 있는 바다를 향한 욕망에 불을 가져다 붙인 것이었습니다.

이내 나는 바다로 떠나 무언가 글을 써서 돌아오겠다는, 올여름이 가기 전에 조금쯤은 바다에 질려 보겠다는 결심을 마쳤고, 마침 전시에서 팔린 두 점의 사진 덕에 다소 숨 쉴 틈을 얻은 통장 잔고를 담보로 휴가 계획을 즉시 실행에 옮길 수 있었습니다.

비행기표를 예매한 뒤로는 줄곧 바다만 떠올렸습니다. 그 바다를 떠올리는데 나는 정말로 심취해서, 내가 열정을 갖고 있으며 스스로 어느 정도 책임과 의무를 부여한 행위(예컨대 글쓰기와 사진)에도 전혀 손을 대지 않았습니다. 날이 밝기를 기다렸다가 기지개 켤 틈도 없이 곧장 사냥을 떠나는 어느 새처럼, 바다에 도착하면 유감없이 실력을 발휘해 볼 심산이었던 것입니다. 내가 바라는 여름휴가에 관하여는 직전 원고에 거의 전부 적었습니다. 하지만 적은 내용을 모두 이행하기엔 여러모로 모자람이 많은 휴가가 될 거라는 사실을 모르지 않음에도 나는 이따금 고조되는 설렘을 그냥 내버려 둘 수가 없었습니다. 바다. 나는 그곳의 무엇을 기대했기에 그토록 여러 번이나 짐을 꾸렸다 풀었는지요.

비행기가 제주에 착륙하자 그곳에서 나고 자란 S가 공항으로 마중을 왔습니다. 그는 나의 예술 고등학교 동창으로, 마흔 명 정도로 구성된 한 반에서 나를 포함해 단 세 명에 불과했던 남학생 중 한 명이었습니다. S는 내가 도착하기 두어 달 전부터 고향에 내려가 있었는데, 조수석 창문 안으로 본 S의 얼굴은 서울에서 마지막으로 만났을 때에 비해 무척이나 밝아 보였습니다. S는 자신의 고향에서 학원을 운영하게 되었다는, 마치 몇 계단을 훌쩍 건너뛴 듯 급진적으로 발전한 자신의 근황을 전하며 차를 몰았습니다. 그 길은 필시 바다로 향하는 길이었습니다. 네가 있는 곳으로 가면 바다에 완전히 질리게 해 줄 것이냐는 내 아양에 그는 군말 없이 그러겠다고 단언한 것입니다.

한 시간 가량의 드라이브였습니다. 나는 그가 자꾸만 일부러 내비게이션이 알려주는 길을 벗어나 해안도로를 향해 핸들을 트는 모습을 지켜봤고, 그때마다 내가 좋아하는 음악 대신 그 애가 좋아할 만한 음악을 찾아 플레이리스트를 뒤적였습니다. S는 걸걸하게 떼창하기 좋은 노래가 나올 때면 흥을 주체하지 못했습니다. <Champagne Supernova>의 후렴과 늦여름 바닷바람이 뒤섞일 때, 나는 안면을 휘감는 머리칼 사이로 모든 일이 잘 풀려나갈지도 모른다는 길조를 엿봤습니다. 이런 순간을 원할 때마다 온전히 상기할 수 있다면, 그 순간은 우리가 지칠 때마다 꺼내 보는 부적이 되었을 테지요.

　　휴가의 첫날은 주말이었는지라 협재 해변에는 여행객이 많이 몰렸습니다. 우린 모래사장에 짐을 풀고 곧장 수영복으로 갈아입은 뒤 바다로 뛰어들었습니다. 파도가 꽤 높아서 신나게 놀기에 좋은 바다였습니다. S와 나는 바닷물 한가운데 생겨난 모래섬 위로 기어올라 벌렁 드러누워 사람들을 구경했습니다. 직책과 의무, 책임과 불안 따위 모두 잊고 파도만 기다리는 어른들과 튜브 위에 올라타 끝없이 웃어대는 아이들의 얼굴을 지켜

보는 건 내게 자유형을 연습하는 일보다 더욱 중요한 일이었습니다. 젖은 모래를 주무르며 오래도록 그 얼굴들을 구경했습니다.

다만, 대책 없이 들떠 버렸던 탓에 예비 동작이 소홀했던 모양입니다. 나는 이어진 휴가 내내 줄곧 바다에 머물렀지만, 요령 없이 태워 먹은 피부는 올곧이 첫날의 후유증이었습니다. 친구의 손을 타기 싫었던 우리는 저 혼자 바를 수 있는 부위에만 선크림을 펴 발랐던 것입니다. 물놀이를 마치고 나와 피부가 따끔거릴 때는 이 젊을 적에 한 번쯤은 지독하게 그을린 피부를 가져보는 것도 나쁘지 않다고 생각했지만, 반나절이 지나도록 물놀이를 즐기고 난 뒤에 얼룩덜룩 열기가 오른 피부를 보고서야 무언가 잘못되었다는 걸 깨달았습니다.

둘째 날 S는 저녁 일정을 모두 다른 날로 미뤘습니다. 그는 그렇게 해서 번 시간을 바다에 질리게 해 주겠다는 나와의 약속을 지키는데 할애했습니다. 지난밤에 와인 한 병을 나눠 마시던 중에 일어났던 약간의 언쟁(기아의 엘란이 공도를 달리는 것이 불법인지 아닌지에 대한)이 무색하게 맛난 점심을 사 주고 싶어졌습니다. 때문에 햄버거와 감자튀김, 그리고 바비큐포크립과 병

콜라를 사서 잔뜩 먹게 해 주었더랍니다.

첫날 피부가 엉망이 된 탓에 이번엔 볕이 조금 누그러든 시간에 해변을 찾았습니다. 똑바로 기억하고 있다면 그곳은 세화 해변이었습니다. 협재에 비해 해변의 규모가 작고, 오목조목 굴곡이 진 터라 때를 잘 잡으면 그럭저럭 프라이빗한 정취를 느낄 수도 있는 곳이었습니다. 그날 S는 바다에 들어가지 않고 해변에만 머물렀습니다. 나는 수심이 턱 아래까지 오는 깊이로 들어가 필사적으로 자유형을 연습했습니다. 금세 동작이 제법 부드러워져서 이 정도면 스포츠 유치원에 보내 났더니 물에 뜨지도 못한다는 어머니의 구박에 반박할 정도는 되었다고 생각했습니다.

내가 수영할 동안 S가 자리에 남아 무얼 했는지 알 방법은 없었지만, 물 밖으로 나왔을 때 그는 내가 타월 위에 던져두고 간 카메라를 가지고 놀고 있었습니다. 나는 고등학교 시절과는 비교가 안 될 만큼 멋진 근육을 갖게 된 S를 일으켜 사진을 찍어 주었습니다. 그는 내가 셔터를 누를 때마다 익살스러운 포즈를 잘도 취했습니다. 그때 그 애가 말하길, 오직 내 앞에서만 쑥스러워하지 않고 포즈를 취할 수 있다고 했습니다. 우리가 같이 보낸 세월이 어느새 10년을 바라보고 있다는 사실을 새삼 곱씹었습니다.

이윽고 강아지풀 한 가닥을 손에 쥔 아이가 부모님과 함께 물로 들어갔습니다. 다소 차가웠던 바닷물에 발목이 잠기자 아이는 일순간 긴장했지만, 부모의 웃음소리에 안심한 듯 금방 까륵 미소를 지으며 발을 구르더랍니다. 와중에 동그란 손으로 쥔 강아지풀이 젖지는 않을까 어정쩡하게 팔을 들고 있는 모습이 정말로 귀여웠습니다.

셋째 날에는 S가 일을 마치고 돌아올 때까지 홀로 해변에서 시간을 보내야 했습니다. 나는 해변의 가장 끄트머리에 자리를 잡은 뒤 물에 들어가서 몸을 적시고 나왔습니다. 그러고는 벌렁 드러누워 며칠간 쌓인 피로를 모래 사이로 흘려 버리기 시작했습니다. 페도라를 얼굴 위에 얹고 잠이 오기를 기다리는 동안, 들려오는 소리에 귀를 기울였습니다. 파도 소리, 머리 위로 지나가는 행인의 발소리, 그리고 움푹 파인 페도라 속에서 울려 퍼지는 내 비밀스러운 숨소리. 나를 인상 짓게 하는 그 어떤 소리도 들려오지 않았습니다. 비치 타월 바깥으로 삐져나온 두 다리를 모래사장에 비비며 나는 도시에서의 일상을 떠올렸습니다. 고작 며칠 사이에 얼마나 멀어졌던지. 이런 식이라면 소매를 걷어붙이고 무리해 가며 도시에 목맬 이유가 어디에 있는지 고민해 봐야 했습니다. 화상을 입지 않고 피부를 태우는 요령만 익힌 다면, 나는 이와 같은 일상을 무한히 반복할 수도 있을 것 같다는 생각이 들었습니다.

해변에서의 낮잠을 깨운 건 다름 아닌 발밑까지 다가온 바닷물이었습니다. 분명 잠들기 전에는 저 멀리 있던 바다가 야금야금 내 앞까지 다가온 것이었습니다. 바닷물이 미지근했더라면 엉덩이까지 적시고 나서야 잠에서 깨어났을지도 모르겠습니다. 벗어 둔 손목시계를 살펴보니 시간은 얼추 두 시간쯤이 흘러가 있었습니다. 머리 위에 떠 있던 태양은 유유히 낙하해 곧 있으면 바다와 만날 것 같았습니다. 안 된다, 벌써 해가 지면 안 된다, 나는 아직 수영을 하지 않았다, 하고 속으로 외치며 나는 자리를 안전한 곳으로 옮긴 뒤 곧장 바다로 들어갔습니다. 그리고 연거푸 밀려오는 파도를 해가 질 때까지 맞았더랍니다.

해가 모두 지고 나는 남도 음악 상가에서 S를 기다렸습니다. 그가 올 때까지 얼음에 희석한 싱글 몰트 위스키 한 잔을 아껴 마시느라 혼이 났습니다. 이윽고 일을 마치고 온 S가 나타나 옆자리에 앉았습니다. S는 논

알코올 맥주를 두 잔 마셨고, 나는 그가 가져다 준 연필로 신청곡을 써서 카운터에 가져가 냈습니다. 하지만 허기를 이기지 못한 탓에 신청한 곡이 나오기 전에 닭백숙을 먹으러 바깥으로 나섰습니다.

어느새 넷째 날이 되었고, 그날은 B가 오기로 한 날이었습니다. 그녀는 나와 여름휴가를 보내기 위해 뒤늦게 제주에 도착한 것이었습니다. 계획대로라면 나는 이른 아침에 택시를 타고 공항으로 가 그녀를 마중해야 했습니다. 하지만 내가 눈을 뜬 시각은 S가 이미 일하러 나간 뒤였고, 그녀는 진작 공항에 도착해 버스를 타고 해변으로 향하는 중이었습니다. 나는 부리나케 그녀가 향하고 있는 해변으로 갔습니다. S와 내가 보낼 시간을 존중해 애써 기다렸다 출발한 B에게 정말로 미안했습니다.

버스에서는 기사님과 어르신 한 분이 언쟁을 했는데, 재미난 건 그들의 사투리를 거의 알아들을 수 없었다는 것입니다. 뉘앙스를 통해 서로의 불만이 무엇인지는 알 수 있었지만, 다소 신경질적인 섬사람들의 언쟁으로 인해 나를 포함해 그곳에 타 있던 여행객 모두의 눈은 커다랗게 변해 있었습니다.

고맙게도 B는 늦잠을 자 버린 나를 너무 나무라지는 않아 주었습니다. 그나마 점심을 먹을 적까지는 눈치를 조금 봐야 했지만, 화해의 담배를 피우고, 해변에 자리를 잡은 뒤로는 정말이지 즐겁기만 했습니다. 물에 들어가기 전 내가 상의를 벗자 B는 며칠 사이에 드라마틱하게 변한 내 피부색에 놀랐습니다. 나는 그것이 마치 오랜 시간 바다와 어울린 삶의 징표라도 된다는 듯이 자랑스럽게 여겼습니다. 겨우 사흘 늦게 도착한 B에게 그동안 내가 바다에서 가졌던 아름다운 시간을 뽐내고 싶었던 것입니다. 이것 봐라, 나는 벌써 해변과 어울리는 사람이 되었다, 하고 말입니다.

내가 자랑하고 싶었던 것은 비단 그을린 피부뿐만이 아니었습니다. 자유형. 지난해 초여름 B와 함께 여수에 갔을 때만 해도 나는 수영을 전혀 할 줄 몰라 헤엄을 칠 줄 아는 그녀를 부러워하기만 했습니다. 이윽고 시간이 흘러 나는 갈고 닦은 자유형을 그녀 앞에서 선보였습니다. 바다는 넓고 유동적이어서 혼자서 연습할 땐 내가 헤엄으로 이동한 거리가 얼마나 되는지 가늠하기 어려웠지만, 자유형을 마치고 뒤를 돌아봤을 때는 저 멀리 서 있는 B를 찾으며 제법 향상된 수영 실력을 가늠할 수 있었습니다.

네다섯 시가 되자 기온이 거의 초가을에 가까워져 물놀이를 마치고 나오자 쌀쌀했습니다. 우리는 해변 근처에서 햄버거를 포장해 돌아와 모래사장이 머금고 있는 온기를 난로 삼아 바닥에 납작 엎드려 책을 읽으며 햄버거를 먹었습니다. B는 <타자의 추방>을, 나는 <여섯 개의 도덕 이야기>를. 그런 다음 B가 사진을 찍는 동안 나는 물에 한 번 더 들어가 폐장 시간이 될 때까지 놀았습니다.

우리는 해가 모두 지고 난 뒤에야 해변을 떠나 숙소로 향했습니다. 드문드문 가로등이 불을 밝힌 시골길을 20분가량 걸어 숙소에 도착한 후에 B는 저녁을 먹지 않았지만 나는 두유에 말은 시리얼을 두 그릇 해치웠습니다.

다음 날은 S의 차를 타고 B와 함께 지난봄에 출간된 나의 책 제목을 차용한 전시가 진행 중인 포도 뮤지엄을 찾았습니다. 전시를 둘러보고 나오니 제주에 사는 누나가 주차장에 와 있었습니다. S와 B, 그리고 누나와 나는 짧은 시간 둘러앉아 커피를 마셨습니다. 나는 이들 모두가 도시에 있을 때 짓던 표정과 고르던 말들을 잘 알 수밖에 없었는데, 그것에 비해 우리가 더 나은 점심을 보내고 있음은 너무나도 자명했습니다. 우리는 휴가를 보내는 중이었던 것입니다.

S는 B와 나를 다시 해변으로 데려다주었습니다. 이번 휴가의 마지막 바다가 될 거라는 생각에 우리는 전날보다 더 열심히 놀았고, 해변으로 나와 책을 읽던 중에 바다에 한 번 더 들어간 건 내가 아닌 B였습니다. 그날은 하늘이 무척이나 깨끗했기에, 나는 어쩌면 녹색 광선[1]을 볼 수 있을지도 모르겠구나, 생각하고 해변의 능선에 올라 해가 지는 걸 지켜보았습니다. 녹색 광선은 우리들 앞에 모습을 보이지는 않았지만, B와 나는 그것을 본 것과 다름없었습니다.

마지막 저녁 만찬으로는 보말 죽, 광어회, 고등어구이, 꽃게탕, 갈치조림까지 나온 한 상을 깨끗이 해치우고, 숙소로 향하는 어두운 시골 밤길을 걸었습니다. 가로등이 없는 길에서 지나가는 차를 피해 자리를 비켜줄 때, B와 나는 운전자가 우리의 모습을 보고 놀라지는 않을까 걱정했습니다. 뒤돌아 있으면 조금 나을까, 아니

---

1 해가 질 무렵 하늘과 바다 사이에 잠시 반짝이는 녹색 띠

면 웃고 있으면 나을까 고민했지만, 그냥 가만히 있는 쪽이 최선이라는 것이 우리의 결론이었습니다. 모쪼록 어둠 속에 도사린 수많은 곤충에 대한 공포를 잊게 해주는 건 B와의 대화뿐이었습니다.

그날 밤 세탁기를 돌릴 동안 쓰레기통 위에 앉아 있던 고양이는 우리를 한참 동안 놀아 줬습니다. 마음을 줄 듯 말 듯 달아나지는 않던 녀석은 서울의 고양이들에 비해 유달리 순진했습니다. 헤어질 때가 돼서는 녀석이 슬퍼하진 않을까 마음이 약해졌는데, 엘리베이터의 문이 닫히고 거울을 보자 슬퍼하고 있는 건 녀석이 아닌, 휴가의 마지막 밤을 보내고 있던 B와 나임을 알아차렸습니다.

휴가를 마치고 돌아와 일지와도 같은 이 글을 적고 있자니, 해변은 인간이 가장 자연체에 가까운 존재가 되는 장소인 것 같다는 생각이 듭니다. 바닷물 안에까지 핸드폰을 방수 팩에 넣어 가져온 이들이 있지만, 그들도 얼마 안 가 목에 건 방수 팩을 깜빡 잊고 밀려오는 파도에 머리부터 들이받더랍니다. 아이들과 뒤섞여 신나게 모래를 쌓던 아저씨의 격양된 표정에서, 냅다 바다로 뛰어든 아저씨가 발이 엉켜 넘어지고는 고환을 붙잡으며 남몰래 고통스러워하던 모습에서, 나는 이 늦여름의 바다가 우리에게 내어 준 커다란 탈출구를 발견합니다.

　모쪼록 이듬해 여름에는 보다 유리한 입장에서 세상살이와의 타협을 이뤄 낼 수 있기를 나는 진정으로 바라고 있습니다. 더불어 S와 B, 그리고 누나가 이번 휴가 동안 내게 베푼 친절과 애정을 두 배로 돌려줄 날이 오기를, 또 휴가를 떠나지 못한 독자에게, 이제 막 가을을 맞닥뜨리게 될 우리에게, 이 지면이 피부를 그을릴 만큼 강렬한 땡볕이 되어 주기를 바랍니다.

　바다에서 뵙지 못해 아쉬운 마음은 다음 여름까지도 간직해 두겠습니다.

내가 차지한 작업실 1

지난겨울을 끝으로 동료들과 함께했던 신당동 작업실 생활이 막을 내렸다. 서로 다른 결심으로 모여 곁을 나눴던 시간을 뒤로한 채 뿔뿔이 흩어지게 된 거였다. 동료들은 나를 작업실의 수호신이라 부르곤 했다. 그도 그럴 것이 당시에 나는 숙식을 비롯한 생활 전반 모두를 그곳에서 해결했고, 때문에 그들이 이틀에 한 번, 혹은 일주일에 한 번 작업실 계단을 오를 때마다 수척한 몰골로 그들을 맞이해 온 것이었다. 언젠가는 놀러 온 친구에게 농담 삼아 작업실 동료들을 내 후원자라 소개하기도 했다. 그만큼 나는 다른 동료들에 비해 작업실에서 머무는 시간이 월등히 많았다. 와중에는 그들이 조금 더 자주 작업실에 와 주기를 바랐던 적도 없지 않았다. 비슷한 결심, 비슷한 푸념을 나누며 피우는 담배가 그리도 단란했기 때문이었다.

　　나는 봄이 오기 전까지 새 작업실을 구해야 했다. 그동안 늘어난 짐을 모두 챙겨 본가로 돌아갈 수도 없는 노릇이었고, 꼴이 험해진 작업실을 사용할 새로운 멤버를 영입하기에도 힘에 부쳤던 거다. 한동안 나는 혼자서 감당 가능한 수준의 월세라든지, 높은 층고, 큰 창 등 타협할 수 없는 요소 몇 가지를 유념하며 부동산 중

개 사이트를 밤낮없이 전전했다. 그러던 중에는 '이곳이 아니면 안 된다.' 싶은 공간을 두어 차례 만나기도 했다. 그러나 그곳에서 지내는 나의 모습을 상상하는 즐거움을 미처 충분히 누리기도 전에 부지런히 움직인 누군가에 의해 번번이 순서를 빼앗기곤 했다. 마음에 드는 방을 계약하기 위한 첫 번째 강령은 '누구보다 빠르게 움직일 것'이다. 한데, 부지런한 사람들이 자신의 능력을 활용해 미리 차지해 버린 내 몫의 삶을 떠올려 보자니 이는 비단 방을 찾는 데에만 통용되는 지침이 아니지 싶다. 이에 대하여는 더 이상 분노할 마음조차 일지 않는다. 못 참도록 불만이라면 달라지면 그만일 것을. 불만만 많고 변하지 않는 건 지독히도 바보라서 당하고 또 당해도 참을 줄만 아는 것과 같다.

그런데 어쩌다 한 번 부지런을 떨게 된 게으른 사람에 의해 자신의 몫을 가로채인 부지런한 이들의 마음은 얼마나 분할까? 이렇게 적고 나니 내 몫을 앗아간 것 또한 꼭 부지런한 이들만의 소행이 아닐지도 모르겠다는 생각이 든다. 역시 분하다. 역시 지독히도 바보다.

매번 부지런히 움직일 기회를 놓쳐 버리는 나 같은

사람에게 그나마 다행인 점은 포기하지 않는 한 '이곳이 아니면 안 된다.' 싶은 방은 계속해서 나타난다는 사실이다. 말마따나 나는 어느 새벽에 올라온 새 매물을 발견하고는 이번에야말로 이곳이 아니면 안 된다며 되뇌었다. 사진 속 그곳은 널찍한 창 두 개와 지름 3.5미터가량의 아치형 반달 모양 창이 나 있고, 창이 없는 한 벽은 합판으로 마감이 되어 있어 액자나 캔버스를 걸기 좋았다. 게다가 비교적 층고가 높던 이전 작업실보다도 30cm 정도 더 높은 천장은 넓은 창과 더불어 보다 탁 트인 인상을 자아냈으며, 무엇보다도 흰색으로 칠한 벽과 바닥 사이를 가르는 흉측한 고무 몰딩을 찾아볼 수 없는 아주 고상한 공간이었다.

조건이 이마만큼이나 되니 나는 이전에 놓쳐 버린 공간들이 더는 성에 차지 않을 정도로 마음을 빼앗겼다. 이 도시에서 사무실이나 자취방을 구해 본 사람이라면 잘 알고 있겠지만, 눈에 걸리는 단점을 쓴 물 삼키듯 참지 않아도 되는 공간을 만나는 것은 비 오는 날 100%의 상대를 만나는 일보다도 곱절은 어려운 일이니 말이다. 그러니 이번만큼은 내 쪽에서 그 누구보다 부지런히 움직였다. 계약서에 사인을 그려 넣고, 전 재산을 보증금으로 송금하기까지의 모든 과정을 재빠르게 처리한 것이다. 그렇게 커다란 반달 모양 창은 당분간 내 차지가 되었다.

며칠 뒤 두 명의 친구가 이사를 도왔다. 짐의 규모는 1톤 트럭 한 대에 모두 넣고도 자리가 남는 수준이었다. 짐을 내릴 공간과 올릴 공간 모두 엘리베이터가 없고, 층계의 너비는 두 사람이 겨우 나란히 설 수 있을 정도로 좁았지만, 힘쓰는 일에 질색하는 타입은 아니기에 처음에는 나도 기세가 좋았다. 하지만 벌써 몇 년째 머리 쓰는 일에만 몰두한 탓에 한없이 유약해진 팔뚝은 일찍부터 한계를 보이고 말았다. 한편 두 친구는 가장 무거운 냉장고나 소파 따위도 마다하지 않고 덥석 짊어지고는 층계를 올랐다. 언젠가 같은 방식으로 보답할 수 있다면야 당장은 중국집에서의 성찬으로도 충분한 감사를 전할 수 있었을 테지만, 이 초라한 이두박근과 대퇴근으로 홀로 냉장고를 들어 올리는 모습은 앞으로도 기대할 수가 없으니, 결국 두고두고 갚아야 할 마음의 빚을 지는 것 외에는 다른 방법이 없었다.

이후 짐들을 적당히 정리한 뒤에 나는 소파에 드러누워 서너 시간쯤 낮잠을 잤다. 조금도 저항할 수 없을 만큼 커다란 피로가 밀려온 것이었다. 눈을 떴을 때는 막 해가 지고 있을 무렵이었는데, 잠에서 깨어나 주변을 둘러보고 있으니 발 디딜 틈을 확보하는 일에만 해도 타협과 요령이 필요했던 지난 생활이 무척 그리워졌다. 오로지 내 몫으로 남아 있는 빈 공간과 해질녘의 황량함에 좀처럼 마음이 안정되지 않았다. 좀 궁상맞긴 했어도 즐거운 시절을 보냈구나, 하고 생각했다. 그리고 내가 그 시절을 떠나 이곳에 홀로 떠나온 것은 우리가 서로를, 그곳이 우리를 구원하지 못했다는 뜻이기도 하구나, 라고 생각했다.

자주 감상에 잠기던 시기도 잠깐. 혼자만의 작업실에서 혼자서 글을 쓰고 혼자서 청소를 하고 혼자서 담배를 피우고 혼자서 음악을 듣는 일에 익숙해지는 데에는, 또 가구의 수가 처음 가져왔던 것의 두 배, 세 배, 그 이상으로 늘어나는 데에는 별로 오랜 시간이 소요되지 않았다. 그리고 이제 이곳에는 빈 공간이 그렇게 많이 남지 않았다. 물론 이전처럼 발 디딜 틈을 궁리할 필요는 없거니와 가득 채우려고 마음을 먹는다면야 여전히 사다 나를 물건들이 많이 남아 있다. 하지만 적어도 비어 있는 공간을 보며 헤어진 동료들을 떠올리는 일은 없다. 당연한 얘기다. 어느새 이곳에는 열 명 이상이 앉아서 작업할 수 있는 의자와 책상이 곳곳에 자리를 잡고 있고, 커다란 책장과 TV, 내 키를 훌쩍 넘기는 높이의 철제 선반, 식기 수납장 등등이 아슬아슬한 균형을 유지하며 심미적 조화를 이루고 있다. 하지만 정말로 그것들이 동료들의 부재를 달래주고 있는지는 알 수 없다.

내가 차지한 작업실 2

내가 차지한 작업실로 말하자면, 매일 아침 방 안 가득 쏟아지는 볕을 맞으며 잠에서 깨어나고 싶은 이가 자신의 로망을 톡톡히 실현할 수 있는 공간이다. 기지개를 켠 다음 흰색 시트를 벗어나 커피를 끓이고 담배를 한 대 물고서 창밖을 내다볼 수만 있다면 아침잠 많은 기질쯤은 쉽게 바꿀 수 있을 거로 생각하는 이에게는 어디 정말 그런지 시험해 볼 수 있는 공간이기도 하다. 물론 그가 눈꺼풀 사이를 비집고 들어오는 볕을 반기기는커녕 꾸고 있던 꿈이 끝기기도 전에 재빨리 이불을 머리 위까지 뒤집어쓰게 된다거나, 하루 이틀쯤 상쾌하게 아침을 시작했다고 해서 아침잠 많은 기질은 조금도 변하지 않는다는 사실을 깨닫는 데에는 며칠이 채 걸리지 않을 테지만 말이다.

모쪼록 경향에 따라 어떤 이는 무자비하게 들이치는 볕이 싫지 않을 수도 있으며, 커피와 담배 없이도 아침잠을 물리치는 게 어렵지 않은 이들 역시 적지 않겠다. 하지만 매일 아침 전날 밤에 쓰다 만 글을 마주하는 것만큼은 논쟁의 여지 없이 괴로운 일이다. 그리고 그것은 작업실에서 숙식을 해결하는 작가가 하루도 거르지 않고 겪어야만 하는 고충을 의미한다. 만약 내게 정말로 매일 밤 글을 쓰다 말기는 하는지 묻는다면 마치 농담이 통하지 않았다는 듯 처신해야겠지만 말이다.

　본격적인 묘사로 돌입하기에 앞서, 필자와 독자 양측의 편의를 위해 반달 모양 창의 중앙을 가로지르는 책장을 기준으로 왼편과 오른편을 구분하기로 한다. (기껏해야 방 한 칸이지만, 구역을 둘로 나눠 묘사할 수 있음은 작업실의 넓이를 상상하는 데 도움이 되지 않을까?)

　왼편과 오른편 중 내가 압도적으로 많은 시간을 보내는 구역은 왼편이다. 우리는 이를 통해 중요한 사실 한 가지를 유추할 수 있다. 그는 잠 깨나 밝히는 본 작가의 침대가 두말할 것 없이 왼편에 놓여 있다는 것이다. 침대의 머리 방향은 반달 모양 창을 향한 채 왼편 벽에 닿아 있다. 프레임 그트머리 절반은 돌출된 창틀과 접해 있는데, 그곳엔 마흔 권가량의 책이 쌓여 있다. 창문 모서리에 난 커다란 금을 가리기 위해 쌓아 둔 것이다. 이중으로 지어진 창이라 바깥바람이 들지는 않지만, 보기에 흉한 것은 물론이거니와 운세에 그다지 좋은 영향을 끼칠 것 같지 않기에 책을 쌓아 액운으로부터 일상을 수호하는 건데, 터무니없는 얘기처럼 들릴지 어떨

지는 모르지만, 나로서는 그 정도로 몹시 안심하고 있
다. 마흔 권가량의 책 중에는 예술 관련 서적의 비중이
높은데, 이는 물론 의도된 배치이다. 기왕 덕을 볼 거라
면 예술의 은혜를 입고 싶다는 입장 표명이다.

　잠자리 다음으로 많은 시간을 보내는 공간은 침대
를 똑바로 마주 보고 있는 테이블이다. 소재는 값싼 집
성목이며 8×10 사이즈로 인화한 사진 10장쯤을 펼쳐 놓
을 수 있다. 직접 만든 의자와 짝을 이룬 테이블 위에는
APPLE 사의 데스크톱이 놓여 있다. 본 원고를 포함해
내 글은 대부분 이 자리에서 쓰인다. 테이블 왼편은 또
다른 창틀과 접해 있고 오른편은 마찬가지로 값싼 집성
목으로 만들어진 3단 선반이 놓여 있다. 1단에는 투 채
널 스피커 한 조가, 2단에는 애지중지하는 레코드 컬렉
션이, 3단에는 턴테이블이 자리하고 있다. 선반의 가로
길이와 테이블 옆면의 길이가 얼추 비슷한 점을 미루어
볼 때 더할 나위 없이 효율적인 배치임을 누구도 부정
할 수 없을 것이다.

　상술한 테이블과 침대 사이에는 3인용 가죽 소파와
TV가 놓여 있다. 그리고 침대에서 가장 먼 곳에는 식기
수납장과 냉장고, 그리고 에어컨이 나란히 배치되어 있
다. 나는 요리를 거의 하지 않기 때문에 식기 수납장은

주로 갖가지 잡동사니를 숨겨 두는 용도로 쓰이고 있으며, 상판에는 이런저런 때에 선물 받은 고량주, 위스키, 럼, 와인 따위의 술이 그늘진 구석에 무리 지어 서 있다. 그것들은 때때로 쓰다만 글이 있지 않냐며 눈치를 주는 데스크톱만큼이나 불량한 신호를 보내오는데, 가끔이라도 마셔 주지 않으면 골치 아픈 일을 벌일 테니 마음을 단단히 먹어 두는 게 좋을 거라고 경고하는 것만 같은 인상이다.

같은 호흡으로 오른편을 마저 묘사하자. 반달 모양 창 부근에는 지름 1m의 나무 소재 원탁이 놓여 있다. 철제 프레임 의자 네 개가 주변을 감싸는데 등받이와 좌판은 마찬가지로 나무이다. 그 옆에는 화병을 올려 두는 작은 나무 콘솔이 놓여 있다. 다음은 기다란 작업대가 중앙을 가로지르는 책장과 직각을 이룬 채 원탁을 에워싸고 있다. 이것을 테이블이 아닌 작업대라고 부르는 이유는 상판의 지름이 여느 테이블에 비해 길기 때문인데 8×10 인화지 20장을 늘어놓을 수 있는 너비다. 작업대는 세 개의 의자와 짝을 이뤄 흰 벽과 맞닿아 있으며 벽면에는 액자 세 점과 기타가 걸려 있다.

그다음은 하루가 다르게 자라나는 여인초 화분이

라탄 바구니에 담겨 스툴 위에 놓여 있고 커다란 철제 선반이 작업대와 평행을 이룬 채로 현관문과 실내를 구분 짓는다. 선반은 폭이 넓은 4단으로 맨 위에 놓인 물건을 꺼낼 때는 머리 위로 팔을 뻗어 더듬어야 한다. 이때 주의를 기울이지 않으면 선반 뒤편에 놓인 스탠드 행거로 먼지가 날려 코트나 재킷에 쌓이기 십상이다.

이로써 우리는 함께 동굴 벽화가 문자 기록보다 선행될 수밖에 없었던 이유에 대해서 깨닫는 시간을 가져 보았다. 도면을 그리며 설명했으면 간단한 일을 글로 적으려니 꽤 복잡한 얘기가 되어 버렸다. 어쨌든 큼직한 구성에 대해서는 모두 적었다. 그러니 나의 탁월한 가구 배치 감각과 균형감이 조금이나마 드러났기를 바라며 더 이상의 묘사는 그만두기로 하자.

혹자는 이미 위의 묘사에서 의미심장한 구석을 발견했는지도 모른다. 혼자 지내는 방 한 칸치고는 가구가 지나치게 많다는 거다. 둘이서 지내는 공간이라 가정해도 많은데, 셋 혹은 넷이 쓴다고 해도 쓰이는 가구보다 제 기능을 하지 않는 가구가 더 많을 지경이다. 특히 의자와 테이블이 그렇다. 매일 매일 다른 의자에 앉아가며 생활한다 쳐도 그때마다 비는 자리가 열 개다. 이는 여분의 식기를 구비해 두는 것과는 그 규모가 다른 얘기다. 마법을 부리지 않는 한 의자와 책상을 식기 수납장에 처박아 둘 방법은 없는 것이다. 물론 열 자리가 남든 스무 자리가 남든 수중에 돈이 남아도는 형편이라면 이해가 어렵지도 않겠으나 지출을 줄이고자 병원 가는 일도 미루고 있는 마당에 이를 두고 단순한 사치로 보는 것은 성급한 결론이다.

물건을 구입할 때, 특히 가구나 가전제품의 경우 그러한데, 우리는 어떠한 시간을 기대하며 비용과 공간을 할애한다. 잘 고른 가구를 바라볼 때의 시각적 충족감 또한 중요한 것이나 그보다는 그것을 갖게 됨으로써 가능해지는 '경험'을 고려하는 거다. 깊은 수면을 위해 침대를 고르고, 안락한 휴식을 위해 소파를 고르며, 심심한 새벽을 견디기 위해 TV를 사고, 한적한 식사를 위해 식탁을 들인다. 한데 침대의 사이즈, 소파의 가용 인원, 테이블과 의자의 개수를 결정할 때는 '누구와 함께 경험할 것인가'가 고려된다. 그에 따라 할애되는 비용과 공간은 또 한 번 좌우되는 것이다. 바로 그 지점에서 내 작업실은 의미심장한 인상을 준다. 나는 대체 '누구'와의 '무엇'을 기대하며 이토록 여러 사람의 자리를 마련해 둔 것이냔 말이다.

　그에 대해 대답을 하기 위해서는 보다 내밀하고 긴 이야기가 동원되어야 하는데 이미 이렇게 긴 글이 되어 버린 탓에 지면이 모자랄 듯싶다. 그럼에도 글을 잘 마치기 위해서는 나름의 결론이 필요할 것이다. 어차피 복잡한 얘기를 하려던 것도 아니다. 내가 차지한 작업실이 필요로 하는 것은 더 이상의 가구도, 수집품도, 더욱 지독한 취향도 아니지 싶다. 나는 그 모든 걸 잠깐의 화젯거리로 전락시키고 마는 친구와 동료들의 자리를 미리 준비해 둔 게 아닐까. 정말로 기다리고 있다. 잠에서 깨어나 몸을 일으켰을 때, 전날 밤 쓰다만 글을 마주하기보다는 테이블 위에 어질러진 유리잔과 식기를 보고 싶다.

　이토록 고요한 방에 왁자지껄한 밤이 찾아온다면, 나는 전에 없던 커다란 웃음을 짓고 있을까?

긴 머리카락에 관해

바로 어제의 일인데, 미루고 미루던 결심을 하고서 머리카락을 잘랐다. 어제까지만 해도 어깨 위에서 산만 하게 찰랑이던 머리칼이 이제는 없다는 얘기이다. 그것 이 매달 1센티미터가량씩 꼬박 1년에 걸쳐 자라난 젊음 의 산물이라는 점을 생각하면 몹시 아까운 마음이 든 다. 무언가 소중한 걸 도둑맞은 기분이랄까.

나는 기본적으로 미용실을 자주 찾는 타입의 인간 은 아니라서 한 번 갈 때면 그곳에 들어갈 때와 나갈 때 의 변화가 꽤 드라마틱하다. 대단히 파격적인 스타일을 시도하는 것은 아니나 아무튼 시력이 성한 이라면 내가 미용실에 다녀왔음을 누구나 눈치 채지 않을 수 없다. 이번에도 머리를 꽤 짧게 잘라 버렸다. 변한 머리 스타 일이 마음에 들고 들지 않고를 떠나서 만일 시간을 되 돌릴 수만 있다면 별안간 머리를 잘라 버리겠다는 결심 같은 건 하지 않을지도 모르겠다.

어제 막 머리를 짧게 자른 탓인지 더욱 확신이 선 다. 나는 확실히 긴 머리를 선호한다. 그에 대한 이유 를 얼추 다섯 가지로 분류해서 살펴볼 수 있겠는데, 혼 란한 세상에 조금이라도 보탬이 될 만한 내용인지는

모르겠지만, 어설픈 사명감은 접어 두고 시작해 보기로
한다.

a. 나는 미용실이라는 공간을 별로(매우) 신뢰하지 않는다.

말 그대로 나는 미용실을 신뢰하지 않는다. 때문에
말끔한 머리 스타일을 유지하기 위해 매달, 혹은 두 달
에 한 번씩은 미용실을 찾아야 했던 10대 때와는 달리
거추장스러운 머리카락을 마다하지 않는다면 그 횟수
를 일 년에 한 번 정도로 조정할 수 있음을 깨닫고 줄
곧 머리를 길러 왔다. 서류 한 장 없이 사람의 운명이
그토록 극명하게 좌우되는 곳이 미용실 말고 또 있을지
모르겠다. 생애 전반에 걸쳐 축적된 경험 데이터를 면밀
히 살펴볼 때, 나는 미용실을 카지노나 8인실 도미토리
보다도 신뢰할 수 없다. 차라리 방향 지시등을 켜지 않
는 심야 택시나 은은한 술 냄새를 풍기는 심리 상담소
쪽이 안심될 정도이니 미용실을 향한 나의 불신은 몹시
뿌리가 깊은 듯싶다.

어릴 적 나는 외모를 가꾸기 위해서는 가장 먼저 적
절한 모양의 머리카락이 두개골 위에 얹혀 있어야 한다
는 사실을 여느 또래에 비해 일찍 깨우친 아이였다. 얼

마 지나지 않아 만일 그렇지 않다면 다음 단계는 노력해 봤자 허사일 뿐이라는 사실을 연달아 깨우쳤다는 사실을 통해 내가 얼마나 일찍부터 남다른 통찰력을 발휘했는지를 알 수 있다. 그러나 그 모든 것과는 관계없이 나는 얼마나 많은 날을 미용실을 나서며 소리도 없이 절규했던가. 이처럼 오랜 경험으로 인해 미용실이란 고객의 머리칼을 최대한 우습게 손봄으로써 현대인의 느슨해진 내면에 수양을 장려하기 위해 존재하는 장소라는 나의 정론이 완성되었다.

b. 미용사의 손도 별로(조금도) 신뢰할 수 없다.

말 그대로 나는 미용실만큼이나 미용사의 손도 신뢰하지 않는다. 때론 고객의 머리를 최대한 우습게 자르는 게 목적인 공간일까 의심이 되는 곳에서 일하는 이들인 만큼 그들이 수행해야 하는 업무 또한 명료하기 때문이다. 그에 맞서 내가 할 수 있는 일은 딱 두 가지이다.

하나. 미리 준비해 간 백인 영화배우 사진 한 장을 내보이며 이것이 내가 모방하고 싶은 머리 스타일이라 수줍게 밝히는 것.

둘. 미용사의 뛰어난 프로의식 앞에 경외감을 드러내기 위해 어딘가 묘하게 멍청한 느낌으로 변한 거울

속 자신의 모습을 바라보며 최대한 흡족한 표정을 짓
는 것.

그들이 멋대로 머리칼을 휘적거릴 수 없도록 세세한
요구 사항을 준비하는 건 어떠냐고 묻는다면, 내 대답
은 '소용없다.'이다. 준비해 간 요구를 단번에 알아들었
다는 듯이 가위질에 박차를 가하는 미용사도, 비전문적
인 요구 사항에 전문적인 지식을 바탕으로 반박해 오며
일장 토론을 벌이는 미용사도 만나 봤지만, 결과는 매한
가지였다. 역시 최대한 흡족한 표정을 짓고 속으로 울부
짖는 것 말고는 뾰족한 수가 없다.

c. 애매한 것보다는 확실히 긴 게 좋다.

이에 대해서는 이해를 돕기 위해 약식이지만 표로
정리해 봤다.

머리카락 길이	짧은 머리	애매한 머리	긴 머리	확실히 긴 머리
체감 or 타인의 감상	짧다	애매하다	답답하다	그런갑다
미용실의 필요성	0%	60%	90%	0%

80

최대한 미용실을 멀리하기 위해서는 한번 짧게 자른 머리칼이 그 이상 자라지 않길 기도하는 방법과 하루빨리 확실히 긴 머리가 되길 바라며 내버려 두는 방법이 있는데, 두 가지 방법 중 어느 쪽을 택하든 그것은 개인의 재량이다.

d. 긴 머리를 고수할 시 센티멘털한 예술가 타입으로 비춰지기에 유리하다.

꼴도 보기 싫은 착각이라고 비난해도 반박할 마음은 없다. 왜냐하면 흘러내린 머리칼을 귀 뒤로 넘기며 담배 연기를 뿜어 대는 남자들은 정말로 그렇게 믿고 있기 때문이다.

번외로 쉼표 모양 앞머리를 고집하는 이들은 아주 높은 확률로 자신이 꽤 잘생겼다고 믿고 있는데, 그중 절반이 어느 날부터 머리를 기르기 시작한다. 그리고는 안 하던 짓을 하나둘 하기 시작하는데. 아무리 옆에서 난감한 표정을 지어도 소용없다. 왜냐하면 우리들은 흘러내린 머리칼을 정리하는 일에 상당히 심취해서 주변의 반응 같은 건 살필 시간이 없으니까.

e. 머리가 길면 하루쯤 머리를 감지 않아도 문제가
되지 않는다.

설명 생략.

이쯤에서 미용실을 운영하는 독자라든가, 미용실에
서 일하는 독자가 이 글을 읽을지도 모른다는 염려가
든다. 그러나 이건 긴 머리칼과 작별한 헛헛함을 달랠
겸 함께 웃자고 적은 것일 뿐이니 너무 서운해하지 않
아 주기를 바란다. 내가 이런 심술궂은 글을 적었다고
해서 매출이 줄어든다거나, 손님들의 요구가 더욱 까다
로워지거나 하는 일은 없을 테니 말이다.

그래서 머리는 예쁘게 잘 잘랐느냐고? 당분간 그 누
구도 내 머리카락에 관해 궁금해하지 않아 줬으면 좋겠
다는 말로 대답을 대신하면 어떨까 싶다. 이로써 여태
떠들어댄 얘기가 어제 망한 머리 스타일에 대한 화풀이
였음이 드러났다. 이런 말을 해 버림으로써 호기심을 더
욱 증폭시키는 것은 오래전부터 자주 하던 실수다. 아
무튼 당분간 셀피는 없다.

모쪼록, 긴 머리를 감당해 내는 데 사용해 오던 에너

지를 보다 중요한 일에 할애하기로 다짐한다. 그렇게라도 하지 않으면 당분간은 거울 앞을 지날 때마다 울적해질 것만 같다. 이따금 머리 스타일에 따라 고르는 말이나 짓는 표정 심지어는 걸음걸이 같은 것이 변화하는 걸 느끼곤 하는데, 그러니만큼 미용실의 미용사들은 고객의 머리를 조금만 더 세심하게 잘라 주는 게 어떨까? 지금, 이 순간에도 많은 이들이 거울 앞에서 울고 웃고 있으니 말이다.

2.

표류

서문 : Do I love this quiet moment?

오후 3:40

보름 전 무렵부터 차츰 식어 가던 날씨가 별안간 입에 문 담뱃불이 저절로 꺼질 만큼 서늘해졌다. 주먹을 날리기 직전이던 세상살이와의 타협 중에 또 한 번 가을이 찾아온 것이다. 이로써 글을 쓰기 시작한 뒤로 맞은 다섯 번째 가을이다. 담배를 입에 물기 시작한 뒤로 맞는 다섯 번째 가을이기도 하다. 정말로 다섯 번째가 맞나 싶어 다시 세어 봤더니 정말로 다섯 번째가 맞다. 2개월 뒤면 나이 한 살을 더 먹게 된다는 사실에 미리부터 두통을 느낀다. 틀림없이 몇 해 전에는 나이가 느는 게 별로 싫지 않았는데 말이다.

오후 3:50

커피숍을 고르는 데에 있어서만큼은 나도 몹시 냉정한 인간이다. 내가 가장 선호하는 커피숍은 문을 닫지 않는 게 신기한 커피숍이다. 그중에도 가장 후한 점수를 줄 때는 '사장이 건물주인가?' 하는 의문이 합리적인 수순에 따라 들 때다. 이러한 기준이 시사하는 바에 관해서는 각자의 해석에 맡기는 게 좋겠다.

오후 4:00

확실히 가을은 무엇인가의 시작을 도모하기에 좋은 계절이다. 아무리 봐도 사장이 건물주인 듯 보이는 커피숍에 앉아 실제로 내 삶의 주요한 (갸륵한 야망을 등에 업은) 모의 대부분은 이 가을에 이뤄졌다는 사실을 돌이켜본다. 늘어질 대로 늘어진 옷깃을 추켜세우고서 그에 대해 생각한 결과, 그러한 현상에는 여름의 무더위를 견디고 난 직후의 자신감이 배후에 있다는 결론에 다다른다. 문득 양 뺨을 휘감는 찬 공기를 맛보며 괜스레 보태 보는 반 뼘의 보폭이 한 해의 절반 이상을 훌쩍 견뎌 낸 자신의 강인함을 반추하는 것이다. 물론 3개월 뒤면 나이를 한 살 더 먹는다는 사실이 일깨우는 경각심도 큰 몫을 한다.

오후 4:15

이처럼 쉽게 용기가 솟는 계절에 나는 또 한 번의 시작을 도모하고 있다. 앞으로 쓰려는 이야기들을 하나로 아우를 단어를 찾아 고민하는 것이다. 앞서 두 권의 책을 집필하며 같은 고민을 두 차례 충실히 이행한 바 있다. 그렇다면 이번이 삼세판째이니 요령이 생겼을 법도 한데 벌써 몇 주째 빙글빙글 헤매고만 있다.

오후 4:20

앞서 충실히 이행했다고 적은 두 차례 중 첫 번째에
는 '낭만'을 골랐다. 당시 노트를 꺼내 커다란 글자로 그
간드러진 두 음절을 적어 넣던 때, 나는 역시 그것이 아
니면 안 된다고 자신했다. 손에 닿는 그 무엇도 나를 위
하지 않던 지난 어느 한때, 오직 낭만이 나를 구원했기
때문이었다. 그 빛바랜 단어는 소란한 세상 속에서 내가
가장 소중히 해야 할 무엇임이 틀림없다는 걸 나는 느
낄 수 있었다.

오후 4:25

두 번째 책을 쓸 때는 '사랑'을 골랐다. 사랑, 그것은
그토록 내 것으로 만들고 싶었던 말이었으며, 열과 성을
다해 자세히 알고 싶던 무엇이었다. 그러니 역시 그것에
관하여 글을 쓰고 그것을 엮어 한 권의 책으로 만드는
것은 차고 넘치는 동기와 당위를 갖춘 일이 아닐 수 없
지 않은가?

오후 4:26

사랑과 낭만……

오후 4:27

낭만과 사랑……

오후 4:28

내게 그 두 단어는 공연히 합의된 명제가 아닌 '한 대를 맞으면 두 대로 돌려주겠어.' 혹은 '바보처럼 살 바엔 뼛속까지 악인이 되겠어.'와 같은, 내 삶을 관통하는 구체적인 태세에 가까웠다. 그러니 낭만과 사랑에 관하여 글을 쓰는 건 흩어지기만 하는 그것들의 속성을 품에 안고, 나는 너희를 속박하는 중이라 속삭이는 일과 같았다. 내 것으로, 내 편으로 만들기 위한 꽤 복잡한 방식의 포섭이었다.

그런데 사랑과 낭만은 오늘날에 이르러 충분한 권위를 지켜 내지 못한 것들이지 싶다. 그렇다면 내가 쓴 두 권의 책이, 그리고 그것을 소중히 읽은 독자가 그들의 권위를 다시 곧추세우는 세력이 되어 주기를 바라는 수밖에 없다.

오후 4:30

여기까지의 얘기를 그저 그런 서론으로 치부하지 않

고 눈여겨 읽은 독자라면 이미 꿰뚫어 봤을지도 모르는
데, 대체로 내가 쓰는 글은 내 안에 가득한 무엇을 밖으
로 꺼내 옮긴 기록이 아니다. 실상은 정반대로 내가 필
요로 하는 것(결핍)에 대한 기록이며 책으로 쓸 만큼
할 말이 많은 그것을 절대로 소홀히 하지 않겠다는 일
종의 선언이다. 누군가는 이런 종류의 작업 방식이 바람
직하지 않다고 얘기할지도 모르지만 차고 넘치는 것보
단 모자란 것의 수가 압도적으로 많은 나 같은 사람은
앞으로도 바른 소리나 해댈 마음이 없다.

오후 5:30

앞서 말했듯 가을이 시작을 도모하기 좋은 계절인
데에는 펜과 노트만 들고 커피숍을 찾아 공상에 잠겨
연거푸 담배를 피워도 지루하거나 지치지 않는다는 것
으로 적잖은 가산점이 추가되는 듯하다. 하지만 이토록
맑은 하늘이 돕는 데에도 한계가 있는지라 슬슬 집으로
돌아가 이불 속으로 들어가고 싶어진다.

오후 5:45

작업실로 돌아와 위에 적은 대로 이불 속에 단단히
자리를 잡았다. 부디 침대에 눕는 일이 아니라도 적은

대로, 마음먹은 그대로 실천할 줄 아는 사람이 되었으면 꽤 좋으련만. 그랬더라면 끝내 훌륭한 사람이 되지는 못하더라도 나 자신에게 지금보다는 믿음직한 인상을 건네받을 수 있지 않았을까.

오후 5:55

지체하지 않기로 하자. 지금부터는 이불을 끌어안은 채로 눈을 감고 어느 건물주의 커피숍에서 못 마친 고민을 이어 나가기로 한다.

오후 6:00

잠이 밀려온다.

오전 1:00

까무룩 새벽이 되었다. 단잠을 자는 동안 열어 둔 창문으로 다수의 불청객이 침입했다. 나는 커피를 한 잔 따라 책상 앞에 앉고 발등을 간지럽히는 모기들을 학살하는 대신에 꿈나라 여행 경비로 내다 바친 고민을 마저 재개하려 한다. 그것이 대단한 인내심을 요구하는 일이라는 것은 모두가 알고 있을 것이다.

오전 1:05

그래서 내게 낭만과 사랑 다음으로 꼭 끌어안아야
만 하는 것이 무엇인가 말이다. 맨 처음 말했듯이 가을
에는 특유의 자신감이 동반하기 때문에 부쩍 서늘해진
밤공기를 마시며 거리를 거닐 때, 혹은 일상 속의 짧은
틈 사이에서 고민에 잠길 때, 그리고 물론 생각하기를
나중으로 미루며 침대로 뛰어들 때는 마치 그 대답을
발음하는 일이 조금도 어려운 일이 아닐 것처럼 느껴지
곤 한다. 긴장을 풀고 조금만 더 간결한 사고에 돌입하
면 손쉽게 결론에 도달할 것만 같다. 때문에 결론을 내
리기까지 그다지 오랜 시간이 걸리지 않을 거라 예감했
으나 때로는 전무후무한 난제보다도 그리 멀지 않은 곳
에 해결의 실마리가 놓여 있는 사안이 우리를 더욱 괴
롭게 만든다. 밝은 낮이면 더욱 발견하기 어려워지는 반
딧불처럼. 밝게 빛나는 위성 사이에서 소멸해 가는 저
먼 곳의 별빛처럼 말이다.

오전 2:00

자신이 하려는 이야기가 무엇인지 아는 일이 타인의
진심을 읽어 내는 것만큼 어려운 일이 되고 말 때, 세상
살이의 난이도는 몇 단계 급증해 버린다. 그리고 이것은

작가에게만 해당하는 일이 아니다.

오전 4:00

모쪼록 이 적막한 새벽 동안 내가 할 수 있는 최선의 사고를 거듭한 결과, 희미한 빛을 엿봤다. 결국 내가 이곳에 써야 할 것은 '삶'에 대한 얘기지 싶다. 낭만과 사랑이 내게 그다지도 중요했다면, 그 두 가지가 지탱하고 있는 것은 결국 오늘의 삶일 것이고 모든 것은 돌고 돌아 삶의 일부로 윤회한다. 삶에서 중요한 것은 낭만과 사랑 같은 커다란 명제이기도 하지만 모습을 감춘 모기를 찾아 죽이는 기술, 오후 내내 낮잠을 자고도 자책하지 않을 줄 아는 관용, 두통의 원인이 카페인 부족임을 일 분이라도 일찍 깨닫는 지혜가 꼭 쓸데없는 것만은 아니다. 심지어 그것들에조차 낭만과 사랑이 전혀 없지는 않다.

이미 오래전부터 그런 종류의 글을 쓰고 싶다고 생각해 왔다. 지극히 생활적인 감각을 통해 적어 나가는 지극히 생활적인 글 말이다. 일기장에나 적어 마땅한 사사로운 단상에 내포된 삶의 의미와 특성, 형편없는 실상, 그리고 때때로 나를 주눅 들게 만드는 관성을 한 번쯤 느슨한 마음가짐으로 내려다보고 싶었다. 마치 삼인

칭으로 쓰인 소설을 읽는 것처럼. 그러나 여태까지는 엄두를 내지 못했다. 그다지 중요해 보이지 않는 얘기들을 늘어놓기에 앞서 그럴듯한 명분이나 주제가 필요했던 것이다. 이런 건 나름의 사명감이랄까, 일종의 직업의식으로 볼 수도 있겠으나 발가벗기 두려운 이의 엉뚱한 핑계라 부르는 쪽이 더 내 취향이다.

오전 4:35

충분한 결심이 섰다. 앞으로 한동안은 어깨에 힘을 최대한 빼고 생활적인 글쓰기에 돌입해 보려 한다. 깊어져 가는 새벽이 보채는 탓에 조급하게 솟는 결심인지, 일 분이라도 빨리 다시 침대로 뛰어들고 싶은 탓에 내리는 결론인지는 한숨 자고 일어나 다시 생각해 보기로 한다. 프리랜서 작가의 주요 업무는 잠들기 전에 내린 결정을 자고 일어나서 다시 처음부터 의심하는 게 아닐까? 자기 자신을 돌보기가 무척이나 까다로운 직업이다.

오전 5:50

고요히 살고 싶다. 조용한 거품 속에 나를 가두고 이따금 마음이 내킬 때만 그 투명한 외연 너머를 간 보는 거다. 그러나 즐겁게 살아가고 싶다. 즐겁게 고요하기란 과연 내게도 가능한 일일까? 고요를 방해하는 즐거움, 즐거움을 방해하는 고요. 이 이상의 고민은 무의미하다.

오전 6:00

생활에 관해 쓰기로 하자. 즐겁게 살고 싶으나 부득불 고요한 거품 속으로 자취를 감추고 마는 관성에 대해서. 고요한 거품 속에 머물고 싶으나 부득불 즐거움을 추구하게 되는 관성에 대해서. 잠이 달아날 만큼 흥분된다. 앞으로 쓰게 될 이야기들이 기대된다. 다섯 번의 가을을 거슬러 올라가 맨 처음 그랬듯 글쓰기를 통해 내 삶을 돌볼 수 있을 것만 같다.

오전 6:32

한숨 늘어지게 자고 나서 이 모든 기대감을 처음부터 의심해 보기로 한다.

센티멘탈 취재 일지

나는 매달 필사적으로 작업실 월세를 내고 있다. 열심히 글을 쓰고 아르바이트를 하고 가진 물건을 하나둘씩 팔아 치우며 월세나 공과금이 밀리지 않도록 전력을 다하고 있는 것이다. 보증금을 지켜 내기 위해서는 필사적이지 않으면 안 된다. 뭐랄까, 좋게 말하면 긴장감이 넘치는 생활이다. 덕분에 좋은 점은 일단 지루할 틈이 없다는 거다. 할 일이 하나도 없다, 만날 사람도 없다, 싶을 때 온갖 데를 뒤적이며 팔아 치울 물건을 찾고 있노라면 정말로 심심할 틈이 없다.

그동안 지불한 월세를 계산해 볼 때면 당최 그 돈을 어떻게 감당해 왔는지 감격하곤 한다. 가족들조차 내가 혼자 힘으로 이 생활에 필요한 자본을 충당하고 있다는 사실을 전혀 납득하지 못한다. 마치 증명이 불가능한 이론을 몸소 재현이라도 하는 것처럼 의아해하는 거다. 혹시나 수상한 곳에서 돈을 빌린 게 아니냐 묻는 엄마의 연락은 농담이 아니다. 한데, 나조차도 납득하지 못하는 사실을 누군가에게 설명하기란 한없이 어려운 일이라서 그들은 작가가 되면 그럭저럭 돈을 버는 모양이구나, 하는 정도로 막연히 생각하고 있지 않을까 싶다. 자랑스러워해야 하는 건지 뭔지 정말로 헷갈리는 순간이다.

그런데 우리는 나무를 만지지 않고 작곡에 몰두하는 인간을 목수라고 부르지 않는다. 또 샌드백은 치지 않고 오븐 앞에서 케이크를 굽는데 하루를 다 보내는 인간을 복서라고 부르지도 않는다. 그와 같은 맥락에서 내게 작업실이라 불리는 공간의 이름에는 어폐가 생겨나고 말았다. 어떠한 형태로든 작업이 행해지지 않는다면 그곳을 작업실이라 불러서도 안 되는 걸 텐데, 일상과 작업 사이의 경계가 모호해지는 일이 점점 더 잦아져 가고 있다.

무슨 얘기인가 하면 책상 앞에 앉아 집중해서 글을 써 보려고 해도 컴퓨터 옆에 널브러진 식빵과 잼 통, 포크, 공과금 고지서, 언제 벗어두었는지 기억도 나지 않는 넥타이와 그 아래 숨어 있는 동전 따위를 마주하고 나면 황급히 담뱃갑을 찾아 소파에 벗어 둔 코트 주머니부터 찾아 뒤지게 되는 거다. 설령 담배를 피우고 돌아와 책상 위를 깨끗이 정리했다고 쳐도, 금세 '준비 끝. 지금부터는 누구도 못 말려.'하고 글을 쓰게 되는 것도 아니다. 침대를 정리하고, 벽에 붙어 메마른 모기 사체를 처리하고, 곳곳에 한 자리씩 차지한 옷더미를 정리하고, 밀린 설거지를 해치우고, 쓰레기봉투를 내다 버리고, 빨래방에 다녀오고 나서야 급한 불은 겨우 껐다고 볼 수 있다. 상술한 일들을 모두 해치우는 데에는 상당한 시간과 체력이 소모된다. 이후엔 낮잠이나 늦은 점심 식사를 통해 에너지를 재충전하지 않고는 결코 작업에 착수할 수 없다. 그렇게 먹을 것을 찾아 식기 수납장을 뒤적이거나 배달 앱을 전전해 끼니를 때우고 소화를 명목으로 깨끗이 정리한 침대 위로 뛰어들어 한동안 단잠에 들고 나면 이건 작업을 한 것도 하지 않은 것도 아니게 된다.

이따금 필요한 만큼의 동기부여를 마친 상태라면 어떻게든 작업에 몰두하지만 대부분의 날이 이런 식이다. 한심하게 생각해도 어쩔 수 없다. 도무지 부정할 수 없는 사실이다. 다만, 어떤 이유로든 글을 쓰지 못해서 가장 괴로운 건 나 자신이다. 글을 쓰고야 싶은데 당최 일이 손에 잡히지 않으니 내 속도 말이 아니다. 그런 이유로 평소 어떻게든 작업실을 벗어날 궁리만 하는데, 그 결과 "유치원 싫어!" 하고 무작정 떼쓰는 아이에게 초코 우유를 조공하는 것처럼 툭 하면 "작업실 싫어!" 하고 줄담배를 피우려 드는 스스로를 달래기 위해 커피숍으로 달려가곤 한다.

그러다 보니 필연적으로 커피숍이라는 장소와 나 사이에는 무언가 끈끈한 유대 관계 같은 것이 만들어졌다. 다른 누구보다 서로를 잘 이해하고 있다는 애틋한 확신 같은 것 말이다. 내 쪽도 상대를 만나면 마음이 놓이고 상대 쪽도 내가 오면 구수한 원두 냄새를 풍기며 반겨주니 우리 둘 사이의 장르는 필시 로맨스일 것이다. 그녀가 "자, 여기선 직접 청소할 필요도 없고 어질러진 책상도 없어. 멋대로 드러누울 곳도 없지. 저기 봐. 사람들이 쳐다보잖아. 그렇지, 이제 똑바로 앉아 보자. 졸려도 참아야 해. 노트북 펼친 지 5분 만에 졸고 있으면 사람들이 흉봐. 뭐라고? 담배? 너 정말 나 망신시키고 싶어서 그러니?"라며 나를 몰아세운다. 그러면 나는 "으응, 참아 볼게." 하고 졸린 눈을 비비며 허리를 세워 한동안은 노트북을 노려본다.

글쎄, 이렇게 무작정 적고는 있지만 커피숍을 취재하려는 이유에 대해서 딱히 할 말이 없다. 뭔가 그럴듯한 이유가 있었더라면 좋았을 텐데 말이죠. 커피숍 측의 청탁을 받은 것도 아니고 독자에게 요구받은 주제도 아니다. 다만 모처럼 오랜만에 재미난 얘기를 잔뜩 떠들 수 있을 것 같다는 예감이 들었을 뿐이다.

아무튼 지난 2주 동안은 친애하는 독자들로부터 취재할 만한 커피숍 몇 군데를 추천받았다. 느긋이 커피숍을 취재하러 다닌다니 혹자는 콧방귀를 뀔지도 모르겠지만 절대로 쉽게 생각해서는 안 된다. 명색이 취재는 취재인 것이다. 어설픈 마음가짐으로는 돌이킬 수 없는 실수를 저지르기 마련이다. 하여, 공신력 있는 취재 준칙을 조사해서 정리해 보았다. 각 조항 아래에는 그에 대한 나의 적절한 다짐과 계획에 대한 내용이 실려 있다.

<hr>

취재 준칙[2]

1. 책임과 의무

처음부터 주눅이 들게 하려는 의도가 다분히 엿보인다. 각오가 안 됐다면 애초에 시작도 말라며 으름장을 놓는 것이다. 주제도 모르고 준칙을 들먹인 것이 몹시

---

2 한겨레 신문사, 2020

후회되려 하지만 실제로 고발을 당하기 전까지는 꼬리를 말지 않을 것을 맹세한다. 물론(웬만하면) 책임과 의무 또한 최선(고발당하지 않을 만큼은)을 다해 지켜 낼 것이다.

2. 진실 추구

당연히(가능한 한) 거짓보다는 진실을 추구할 것이다. 만약 내가 어떠한 의도를 갖고 거짓말을 한다면 그건 어쩌다 얻어걸린 문장을 극적으로 수사하기 위함이다. 이는 독자와 필자 간의 공익에 해당하므로 허용된다. 원고가 지루해져 갈 시에 가미되는 무리한 유머 또한 허용된다. 다만, 필자의 부족한 식견과 편협한 취향으로 인해 발생하는 오류는 철저히(조금쯤은) 질타를 받아야 할 것이다.

더불어 정확한 사실 확인을 위해 인터뷰가 필요한 경우, 필자의 내향적 성향(INTP)을 고려해 사려 깊은 구글링으로 대체한다.

3. 공정과 균형

물론(아마도) 그럴 것이다. 개인적인 감상을 기반으로 일부러 우호적인 글을 쓴다거나 비꼬는 말투를 사용하지 않을 것을 맹세한다. 단, 니코틴 부족으로 인해 다소 신경이 예민해질 경우는 예외로 둔다. 글을 쓰는데 방해되는 요소가 한 가지 이상 있을 시에도 예외 없이 해당 조항은 효과를 잃는다.

4. 정직과 투명

역시(척이라도) 그래야 할 것이다. 한데, 같은 말을 두 번 하는 것 같은 기분이 들어서 확인해 보니 2번 준칙과 비슷하다. 진실 추구와 정직과 투명은 서로 어떻게 다른 걸까? 모쪼록 비슷한 뉘앙스의 준칙이 반복되는 것을 미루어 볼 때 이는 몹시 중요한 사안이란 것을 알 수 있으므로, 똑똑히(역시 척이라도) 새겨 두기로 한다.

5. 시민과 독자 존중

말해야 입만 아프다. 마감은 못 지켜도 존중은 지킨다. 시민과 독자가 내게 등을 돌린다면 나는 턴테이블을 팔고 카메라를 팔고 침대를 팔고 이윽고 전기장판마저 팔게 되어 헤로인 중독자처럼 혹독한 겨울을 나게 되는 것이다.

6. 성찰과 품위

무엇보다 최선을 다해 노력할 것이다. 농담이 아니다. 최대한 멋지게 차려입고 취재에 나설 것을 맹세한다. 이런 때가 아니고서야 멋지게 차려입을 일이 없다. 딱히 해내는 일도 없이 넥타이만 매고 다닌다고 흉을 듣는 데에는 충분히 질렸는데, 취재 준칙을 외우고 있는 것만으로도 넥타이를 맬 자격을 얻은 기분이 든다. '어디 다녀왔냐?'하고 묻는 친구에게 어물쩍거리지 않고 '네가 취재를 알아?'라며 비꼴 기회는 앞으로도 흔치 않을 테다.

품위에 비해 성찰은 관심 밖이므로 언급을 자제하기로 한다.

7. 준칙의 실행

물론(어련히) 실행할 것이지만, 모든 준칙을 빠짐없이 잘 지켰을 때 직접 나서서 칭찬해 줄 것이 아니라면 이런 식의 강압적인 태도는 다소 무례하지 싶다. 나 역시 취재자이기 이전에 칭찬에 목마른 인간 중 한 명인 것을. 잦은 칭찬 탓에 자만심에 빠지는 것을 경계하는 거라면 소정의 보너스가 대책안이 될 것이다. 그럴 게 아니라면 이런 강압적인 태도는 지양할 것을 당부하는 바이다.

아무튼 상술한 준칙 모두 잘 지킬 것이다. 다만, 준칙에 명시된 내용을 받아들이고 해석하는 과정에서 발생하는 개인차는 물론 존중받아야 한다. 그렇지 않고는 지루한 글을 쓰게 되어 시민과 독자의 공익을 해치게 될 테니 말이다. 위에서 말했듯 시민과 독자의 미움을 사서 내게 좋을 일은 하나도 없다.

───────────────────

자, 이쯤에서 웃음기를 빼고 확실히 해 두고 싶은 사실은 지금 이 순간에도 투철한 윤리 의식을 갖고 공익 증진에 힘써 주고 있을 기자분들에게 무한한 존경과 감사를 표한다는 것. 제 쪽도 결코 가볍게 임하지 않겠습니다. 비록 마땅한 의의도 실속도 없는 취재라지만, 어쩌면 쓸데없는 얘기를 마음껏 떠드는 것 또한 민주주의 증진에 기여하는 일일지도 모르니 말입니다.

취재에 나설 로케이션은 독자의 추천과 필자의 취향을 기준으로 선정했습니다. 한두 번에 끝나고 말 취재인지, 혹은 지속해도 좋은 취재인지는 차차 독자

여러분의 반응을 지켜보고 판단하겠습니다. 내가 점잖은 화자이기 이전에 칭찬에 목마른 한 명의 인간이라는 점을 두 번이나 강조하지는 않겠습니다.

센티멘탈 취재 일지

: Coffee Store

서울 강북구 안암로5길 72

주변 친구 몇 명에게 커피숍을 취재할 거라는 계획을 밝혔다. 나로부터 그렇듯 엉뚱한 기획을 듣게 되는 것은 내 곁에 남은 친구라면 으레 겪어 온 일이므로 그들은 "그래, 얼른 가 봐."라는 식으로 미지근한 반응을 보일 뿐이었다. 그럴 때면 보다 구체적인 질문으로 상대의 흥미를 이끄는 것이 나의 교묘한 꾀이다. 하여 "야, 만약 내가 너더러 대신 글을 써주면 100만 원을 주겠다고 했다 쳐 봐. 너라면 어떤 얘기를 쓸래?" 하고 묻는다. 그것이 '뭘 쓰면 좋을까?'라고 묻는 것보다 효과적인 질문임은 분명하다. 정확히 어떤 차이냐고 묻는다면 지극히 미묘한 차이라서 설명하기 어렵지만. 그러나 앞서 말했듯 그들로서는 내게 교묘한 유도 질문을 듣는 것 또한 으레 겪어 온 일이므로 결코 쉽게 놀아나 주지 않는다. "커피숍이니까 커피에 관해서 쓰겠지. 자, 얼른 가 봐." 하고 마는 것이다.

마땅한 대답을 들었으니 목적은 달성했다만 여기서 한 가지 문제가 발생한다. 필자의 사고는 어떤 이유에서인지 커피에 대해서만큼은 절대로 쓰지 않겠다는 식으로 전개되고 마는 것이다. 심술궂기가 짝이 없다. 친구

들이 얼른 가 보라는 말만 반복하는 데에는 다 이유가
있다. 난데없이 '예술가는 사람들이 가질 필요가 없는
것들을 생산하는 사람이다.'라던 앤디 워홀의 말씀을 되
새기며 가능한 쓸모없는 얘기를 하기 위해 무진장 머리
를 굴리기 시작하는데, 내 생각에도 이럴 때 나는 확실
히 비정상이다.

비슷한 일화로 예전에 알던 지인을 인터뷰하기 위
해 만났다가 헤어질 무렵에 "형준 씨는 자세가 안 되어
있어요. 다시는 인터뷰 같은 거 하지 마세요."라는 경고
를 들은 적이 있었다. 인터뷰를 마친 뒤 식사를 대접하
지 않고 와인을 선물한 것이 상대의 심기를 건드린 모
양이었다. 이 세상 어딘가에 존재하는 인터뷰 준칙에는
'반드시 식사를 대접할 것. 와인 선물 절대 금지.'라는
항목이 있기라도 한 걸까? 그렇다면 대단히 죄송한 일
이지만, 아무튼 그날 밤 나는 상대에게 그런 말을 들은
탓에 앞으로 더 많은 사람을 인터뷰하게 될 거라고 생
각했다. 청개구리 심보다. 누구라도 내게 이빨을 드러냈
다기는 이띤 식으로든 상황은 더욱 악화될 뿐이다. 다
시는 인터뷰 하지 말라고 하면 어떻게든 한 번이라도
더 할 것이고, 글이 길어서 못 읽겠다고 하면 두 배 더

길게 써 버릴 거다. 그나저나 이 얘기를 여기서 왜 하고 있는지 모르겠다.

첫 번째 로케이션은 추천받은 여러 곳의 커피숍 중 작업실과 가까운 곳으로 선정했다. 부끄러운 사실을 고백하자면, 그 거리가 예상보다도 훨씬 더 가까웠던 나머지 취재에 임하는 마음가짐조차 해이해져 버렸다. 첫 번째 취재부터 서문에 적은 취재 준칙 6번을 어기고 만 것이다. 성찰과 품위에 대한 항목 말이다. 그 말은 즉, 준칙의 실행을 당부하는 7번 사항도 어기고 말았다는 뜻이다. 하지만 지나치게 나무라서는 안 된다. 단지 머리를 감지 않았고 넥타이를 매지 않았을 뿐이니까. 머리를 감지 않았다면 넥타이를 매서도 안 되고, 넥타이를 맬 거라면 머리를 감지 않아서도 안 된다는 것이 나름의 엄격한 규율인지라 나로서도 어쩔 수 없었다. 준칙을 어긴 죄책감을 면죄받을 생각으로 매형에게 선물 받은 구찌 카디건을 걸치고 나왔지만, 품위를 명품으로 대체하는 건 더욱 꼴사나운 일이 아니던가. 차라리 실수를 깨끗이 인정하는 편이 진실을 추구하라던 2번 준칙에 부합해 거짓 없이 고백한 바이다.

119

성북천을 따라 자전거로 5분쯤 달릴 무렵에 무척 간소한 <커피 스토어>의 간판을 발견했다. 자전거를 세운 뒤 유리 너머를 슬쩍 들여다보고는 그 즉시, 자신 있게 이곳을 추천해 준 독자의 안녕을 가슴 깊이 염원하게 되었다. 마음에 들었다는 말이다. 한 번도 소개팅을 나가본 적은 없지만, 저 멀리서 이상형에 가까운 상대를 맞닥뜨렸을 때 더도 말고 덜도 말고 딱 이만큼 흥분하지 않을까, 생각했다. 주선자에게 바치는 감사의 마음도.

그러한 인상에 가장 먼저 기여한 것은 이탈리아 조명 브랜드 아르테미데 사의 톨로메오[3]였다. 마음속으로 취재 준칙 3번(공정관 균형)을 되새기며 그리 쉽게 호의를 갖지 않으려 노력하면서 커피를 주문하고 자리에 앉았다. 그리고 값나가는 톨로메오가 무려 테이블마다 딸려 있다는 사실을 발견했다. 심지어는 창가에 놓인 선인장 옆에도, 기둥 뒤에 놓인 물컵 옆에도 허리를 비스듬히 기울인 톨로메오가 하나씩 놓여 있었다. 꼼꼼히 확인한 바 이곳에 있는 대략 열 조가량의 톨로메오 중

---

3 하중이 하부 페이스에 집중되어 안정적인 조작이 가능한 테이블 램프. 1989년 황금 컴퍼스상을 수상했다.

중국산 모조품은 발견할 수 없었다. 모두 아르테미데 사의 정품이었다.

　이건 단순히 조명에 돈을 좀 썼다, 하는 정도의 감상으로 그칠 사항이 아니다. 정품 톨로메오로 하여금 모든 손님을 맨투맨(man-to-man)으로 독대하게 하는 것은 나 같은 사람에게 무척이나 두터운 신뢰를 유발한다. 어느 것이 좋은 원두이고, 형편없는 원두인지 혀로는 미처 분간하지 못하는 나지만 이곳이라면 한 푼이라도 더 아끼기 위해 저렴한 원두를 고르지 않을 거라는 확신이 드는 것이다. 커피숍을 취재하면서 정작 커피 맛에 관해서는 할 수 있는 얘기가 별로 없다는 사실은 다소 비극임을 곱씹으며 마침 나온 드립 커피를 천천히 음미했다. 역시 혀로는 감각하지 못하는 종류의 풍미를 아르테미데의 브랜드 로고를 보며 느낄 수 있었다. 어쩌면 고도의 교란 작전일지도 모르지만 그 정도는 속아넘어가 주는 것도 하나의 미덕이 아닐까. 카르티에 주얼리를 아홉 개나 착용한 소개팅 상대의 향수가 고급인지 아닌지는 별로 중요하지 않은 것처럼 말이다. 설령 고급이 아니라도 신중히 페어링한 향이리라 어련히 짐작하게 되는 것이다.

사족이지만 내게도 아르테미데의 네시노[4]가 있다. 몇 년 전 당시에는 바다 건너에서 어렵게 구매한 것인데 몇 해 사이에 대중적인 인기를 끎과 동시에 중국산 모조품이 유통되어 흔해 빠진 램프가 되어 버렸다. 결국 나는 네시노를 화장실로 옮겼다. 화장실에서 아르테미데 램프를 켠 걸 보고 누군가는 감탄할지도 모르지만 나로서는 적지 않은 박탈감을 느끼고 만다.

톨로메오에게 순서를 빼앗겼지만 커피 스토어의 가구는 하나같이 신경 써서 고른 태가 났다. 대체로 비싼 값에 거래되는 미드센추리[5] 디자인 가구였다. 종합적인 인상을 고려해 볼 때 모두 오리지널로 추정된다. 이에 대해서 반드시 진실을 알아야겠다면 취재 준칙을 꼼꼼히 살핀 뒤 직접 방문해서 문의해 보길 바란다.

의자와 책상의 높이에는 합의된 규격이 있어서 대개 제품마다의 격차는 많아야 5cm 남짓이다. 그런데 어째서 편한 의자와 책상은 따로 있는 걸까. 이 세상에 존재하

---

4 자연에서 영감을 받은 아이코닉한 곡선 디자인의 테이블 램프.
5 Midcentury. 1940~1960년대 미국을 중심으로 유행한 인테리어 양식. 스테인리스, 유리, 플라스틱 등 가구 제조에 쓰이지 않던 소재를 활용했다.

는 모든 의자와 책상이 불편하기만 했더라면 의자와 책상이란 본래 불편한 물건이구나, 하고 받아들일 텐데. 이따금은 오래 앉아도 지치지 않는 가구를 만나기도 하니 기대를 아예 하지 않을 수는 없다. 하기야 모두가 만족하는 가구를 만들기가 어디 쉬운 일일까 싶지만 말이다.

커피 스토어의 가구는 일단 내 몸에는 무척 편하다. 앉아서 글을 쓰기에 피로하지 않다. 다수의 커피숍에서 매장에 지나치게 오래 머무는 이용자를 줄이기 위해 일부러 불편한 가구를 들이는 추세이니, 이는 커피 스토어의 상당한 메리트라 할 수 있다. 그 사실이 책상 앞에 앉아 혼자서 일하는 이들에게 이미 소문이 난 모양인지, 모두가 톨로메오를 하나씩 차지하고서 노트북을 켜고 무엇인지 모를 작업에 상당히 몰두하고 있다. 총 아홉 개의 테이블에서 각각 뿜어내는 공기의 밀도가 뭐랄까, 웅장하기까지 하다.

최근 도쿄 고엔지 일대에 마감을 앞둔 작가들을 위한 커피숍이 생겨났다는 소식을 들은 바 있다. 매장 내 긴장감을 유지하기 위해 마감에 쫓기지 않는 사람은 입장조차 할 수 없다는 게 그곳의 콘셉트이다. 입장 시 이용자는 그날의 목표 내용과 함께 재촉 난이도를 선택하게 되어 있는데 설정한 단계에 맞춰 관리자가 작업 상황을 체크하고 입장 시에 제출한 목표 내용을 달성하기 전에는 밖으로 나갈 수 없다. 이와 같은 소식이 내게까지 들려온 것으로 보아 그곳의 콘셉트는 현지 작가들에게 꽤 먹혀들어 가고 있는 모양이다. 정말로 그런 환경에서 무언가 유의미한 작업이 가능할까 싶은 동시에 문득, 나 같은 사람에게 꼭 필요한 서비스가 아닌가 싶어 도쿄행 비행기를 알아보기도 했었다. 한데, 이걸로 싸게 먹혀들었다. 커피 스토어를 알게 된 이상 고엔지까지 갈 필요는 없게 된 것이다.

물론 이곳 커피 스토어에서 그러한 학대적인 서비스가 통용되는 것은 아니니 미리 겁을 먹을 필요는 없다. 그럼에도 어쩐지 5분 이상 딴짓을 했다가는 잔잔히 울려 퍼지던 재즈곡이 뚝 끊기고 소매를 걷어붙인 관리자가 나타나 "주의력 결핍은 자격 미달입니다. 나가 주시죠." 하고 남은 커피를 테이크아웃 잔에 옮겨 담을 것만 같다. 모두가 작업을 멈추고 냉정한 눈길로 내가 짐을 싸시 나갈 때까지 노려보는 것이다. 다급하게 "잠깐, 이래 봬도 자료 조사 중이었습니다만?" 하고 변명해 보아도 소용없다. 관리자가 UFC의 미들급 타이틀 전선과 내가 쓰고 있던 글 사이에 아무런 관계가 없음을 밝혀내는 데에는 1분이 채 걸리지 않을 것이다. 결국 얌전히 짐을 싸서 쫓겨나는 수밖에 없다. 굉장히 으스스하다. 서스펜스적이다.

이 모든 게 웃자고 하는 농담이라는 건 취재 준칙 2번(진실 추구), 4번(정직과 투명), 7번(준칙의 실행)을 지키기 위해 명백히 밝혀 두어야 할 것이다. 그렇지 않으면 이 글을 읽고 커피 스토어를 찾은 독자가 딴짓하는 다른 손님을 노려보며 존재하지도 않는 관리자를 호출하려 들지도 모르니 말이다.

위에서 한 말은 과장이지만 정말로 이곳에는 은근한 긴장감이 감돈다. 덕분에 이 글을 쓰는 데에도 큰 도움을 얻고 있다. 각 테이블 너머의 이용자끼리 서로의 모습을 확인하며 자율적으로 긴장감을 유지하고 있다. 담배나 한 대 피울까, 싶을 즈음에 맞은편에 허리를 꼿꼿이 세우고 앉아 타이핑하는 상대를 보고는 마음을 다잡는다거나, 멍하니 앉아 손톱을 들여다보는 창가 쪽 상대를 보고 우쭐해하며 타이핑에 박차를 가하는 것도 가능하다. 커피숍 자체도 그러한 분위기에 자부심을 느끼는 것 같다. 조원 모두가 각자의 역할을 다하게 만드는 훌륭한 과제를 고안해 낸 교수에게 느낄 법한 존경을 느끼고 있는 거다. 주말에는 어떤 분위기 일지 모르지만 평일에 이곳에 와 본다면 필히 공감하게 될 것이다.

커피숍 정경 얘기로 돌아와 커피 스토어 매장 한가운데에는 20cm가량의 단차가 존재하는데, 그 위로 너비가 족히 6m는 되어 보이는 화강암 대리석 바 테이블이 위엄을 내세우고 있다. 상당할 것 같은 무게만큼이나 가시적 위압감이 굉장하다. 이는 노출 콘크리트가 그대로 드러난 벽면과 시멘트 바닥이 자아내는 다소 나이브한 인상을 육중한 카리스마로 탈바꿈한다. 바 테이블을 통째로 국립현대미술관으로 옮긴 뒤 한스 짐머의 곡을 재생해 놓으면 힙스터들에게 일주일 내로 소문이 날 것 같다. 이러한 경우 우아한 작품을 만드는 건 예술가가 아닌 기술자가 아닌가 싶다. 그들의 작업이야말로 작업다운 작업이 아닌가, 하고 자조하게 되는 거다. 그러니 아메리카노보다 천 원 더 비싼 드립 커피를 시키면서 아깝나는 생각이 늘지 않음은 지극히 당연한 일일 것이다. 천 원쯤은 저 멋진 바 테이블을 관람하는 요금으로 쳐도 무리가 없다.

한데, 조금 전에 재미난 광경을 발견했다. 줄곧 과묵한 텐션으로 일하던 직원이 창가 테이블에 커피를 서빙하고 돌아오며 매장 중앙의 단차를 상당히 발랄한 모션으로 뛰어넘는 것이었다. 예술적인 몸짓이라고 볼 수는 없지만 그 모습이 비상구 표시등에 그려진 녹색 인간의 동작과 똑같았다. 역시 이런 건 또 감탄하게 된다. 자못 딱딱하게 굳어질 뻔한 인상이 누그러지며 덕분에 그 발랄한 점프를 동시에 목격한 건너편 작업자와 희미한 유대 관계도 형성되었다. 이후 매장 내를 감도는 주변 공기의 흐름이 완전히 뒤바뀌었다. 완급조절을 위해 일부러 행한 동작이라면 가히 고도의 퍼포먼스라고 평할 수 있겠다.

이쯤에서 슬슬 마무리를 지어야 할 듯싶은데 매 시각 작업의 진행 여부를 확인하는 관리자는 없지만 마감을 앞둔 작업자라면 커피 스토어를 추천합니다. 마감을 앞두지 않았어도 정돈된 인테리어와 차분함을 느끼고 싶다면 추천합니다. 스마트폰이 그다지 대접을 못 받는 커피숍은 확실히 귀하니까 말이죠. 이러다 자리 경쟁

이 생겨나는 건 아닐지 염려되지만 자리가 없을 때 구석 자리에 앉아 손톱을 들여다보고 있는 저를 발견한다면 조용히 아는 체하세요. 흔쾌히 자리를 빼앗겨 드리겠습니다. 글을 쓰지 못하게 된 좋은 핑계가 될 테죠.

모쪼록 보문역 일대의 커피숍을 추천해 준 모든 분께 감사를 전합니다. 성북천을 가운데 두고 양쪽으로 길게 난 길목 곳곳에 꽤 괜찮아 보이는 커피숍이 여럿 있습니다. 올 때와 달리 돌아갈 땐 컴컴한 저녁이었는데, 꽤 이국적인 정취가 감돕니다. 슬슬 과부하의 조짐을 보이는 성수동 일대에 이어서 차세대 핫플레이스로 거듭날 조짐이 엿보입니다. 이런 쪽으로는 선견지명이 좀 있는 편인데 지켜보면 좋을 것 같습니다. 내 글을 읽는 독자 중 자본이 짱짱한 사람이 있다면 한번 투자를 고려해 보세요. 길게 안 봅니다. 일이 년 사이에 판가름이 날 것입니다.

번외로 내가 매장을 나설 무렵 누군가 지하에서 곰처럼 커다란 강아지를 안고 나타났습니다. 과장이 아니라 정말로 곰처럼 커다랬습니다. 사람에게 안겨 있을 만한 크기가 아니었다는 말입니다. 녀석이 마음먹고 한번 짖었다가는 육중한 화강암 바 테이블도 화들짝 놀랄 것만 같았습니다. 살면서 본 견종 중 가장 카리스마 넘치는 녀석이었습니다. 내심 한번 크게 짖어 주길 바랐는데, 끝내 얌전히 안겨만 있더랍니다. 보기보다 순한 녀석이라 아쉬웠네요.

다음은 반드시 넥타이를 챙겨 매고 마포구로 가 볼까 합니다. 커피 스토어는 매주 월요일 휴무입니다.

센티멘탈 취재 일지

: MiDoPa Coffee House

서울특별시 서대문구 성산로 317, 2층

본 취재 일지의 초고는 올해로 개시 5년 차를 맞은 주간 메일링 서비스 <gudwns97 잡문집>에 연재되었다. 당시에 나는 취재에 앞서 구독자에게 취재지 추천을 요청하는 메일을 적어 보냈고 무척이나 많은 답장을 받았다. 적게는 두세 곳, 많게는 서너 곳씩 적어 보내온 답장이 많았는데 감사하게도 '궁금하지 않으니 다른 얘기를 써라.'라는 답장은 없었다. 한 가지 놀라운 사실은 추천이 중복되는 커피숍은 겨우 세 손가락 안에 꼽을 정도밖에 안 된다는 것이다. 굉장한 일이다. 좌우지간 커피숍에 한해서는 숨통 트이는 세상이다. 도무지 들어가 살 집이 없다, 고용해 주는 직장이 없다, 믿고 일을 맡길 사람이 없다, 성에 차는 남자가 없다, 같은 얘기를 하게 되는 건 어쩔 수 없지만 갈 만한 커피숍이 없다고 해서야 단순 엄살이지 싶다. 그러니 커피숍에 관한 글은 분명(아마도) 수요가 있는 일이라 믿어도 되지 않을까.

앞서 말했듯 정말로 많은 숫자의 커피숍을 추천받았는데 그 중 과연 압도적인 점유율을 보인 것은 마포구 소재의 커피숍들이었다. 리스트 전체의 절반 이상을 차지하며 짐짓 위엄을 내세워 보이는 만큼 내 쪽은 꽤 곤란하다. 어디로 가 볼까 하며 조사하는 과정에서 가보고 싶은 곳이 계속 늘어가는 것이다. 하지만 취재 준칙 2번(공정과 균형)을 까먹지 않는 한 수많은 후보지 가운데 한 곳을 선정해야 했다. 성북구에서 한 곳을 골랐다면 마포구에서도 한 곳만 골라야지 공평한 일이니 말이다.

이쯤에서 내가 취재 장소를 고르는 기준을 궁금해하는 독자가 있을지도 모르겠다. 물론 아무 곳이나 취재해 주지는 않는다. 나름대로 각고의 선정 과정을 거쳐 어렵게 결정을 내리는 것이다. 말은 거창하게 했으나 이것저것 꼼꼼히 따지다가도 마지막에 가서는 결국 떠들거리가 많아 보이는 쪽으로 마음이 기우는 편이다. 그렇다면 떠들 거리의 여부는 어떤 기준을 통해 파악하는지를 묻고 싶은 사람도 있을 텐데 그건 어디까지나 고도로 훈련된 감각에서 기인한 판단이라고밖에는 얘기할 수 없다. 쉽게 말해 '감'인 것이다. 그러나 사실상 내 감이라는 것은 별로 믿을 게 못 돼서 떠들 거리가 많을 거라 예상하고 가 봤자 정말로 그런 경우는 드물다. 예상한 것만큼 이야기가 발생하지 않는 탓에 커피와 담배만 축내고 돌아오는 경우도 있는 거다. 그런데 커피와 담배를 꽃차와 박하로 대체할 방법은 정녕 없는 걸까? 대체 에너지나 천연가스 관련한 이슈라면 무척 중하게 따지고 드는 추세인데 어째서 이런 쪽은 관심을 가져 주지 않는 건지.

쯧, 헛소리는 그만.

위에서 말했듯 몹시 엄격한 선발 과정을 거쳐 선정된 두 번째 취재지는 연희동의 미도파 커피 하우스다. 취재지 결정에만 꽤 애를 먹고 났더니 떠날 채비를 하는 동안은 마음가짐이 산뜻했다. 취재 준칙을 되뇌며 셔츠를 입고 넥타이를 졸라매고 재킷을 입고 코트를 입고 머플러를 두른다. 겨울이 무르익었으니 단단히 챙겨 입되 최대한 폼나게 입는다. (취재 준칙 6번, 잊지 않았겠죠?)

연희동은 내가 지내는 곳과 멀리 떨어져 있어서 버스를 두 번이나 갈아탔다. 버스를 갈아타는 일이라면 무진장 질색부터 하고 보는 작가는 금세 시무룩한 얼굴이 되고 만다. 어째서인지 전철을 갈아타는 것보다 두 배는 더 거부감이 든다. 싫어하는 일을 하는 것이니만큼 에너지 소모도 크고 같은 시간이 걸리더라도 꼭 더 오래 걸리는 것만 같다. 이래서야 활력 넘치는 취재는 어렵겠는데, 하고 생각하는 사이에 갈아탄 버스가 목적지에 도착했다. 좋든 싫든 도착해 버렸으니 법도를 다시 세운다. 나는 지금 놀러 가는 게 아니다. 엄살을 부려 봤자 받아줄 곳도 없다.

버스에서 내리자 왕복 6차로에 면한, 지어진 지 다소 오래된 것으로 보이는 상가 입구 위로 미도파의 간판을 발견했다. 별로 와닿지 않는 표현이겠지만 묘하게 구미가 당기는 간판이다. 커피숍에서 취급하는 메뉴가 적혀 있는 게 전부다. 한데 어딘가 예사롭지 않다. 그것이 어떤 식으로 특별한 인상을 자극하는 것인지 알고 싶어서 한참을 들여다봤는데 이런 건 디자인 업계 종사자에게 물어야 한다는 게 결론이다. 그러나 내 선에서 할 수 있는 얘기가 전혀 없는 것은 아니다. 우선 아무리 좋게 봐도 입맛을 돋우는 간판은 아니다. 미도파의 간판을 보고 군침을 흘렸다는 사람이 있다면 나는 그가 별안간 나를 공격해 오지 않을 거라는 확신이 들 때까지 무척이나 경계할 것이다. 그런데도 어째서인지 직접 올라가서 확인해보고 싶다는 생각이 드는데 그건 아마도 이른바 '빙산 이론'으로부터 기인한 현상이 아닐까 짐작해 본다. 어니스트 헤밍웨이의 말에 따르면 빙산 이론이란, 작가가 자신이 쓰고 있는 것에 관해 충분히 잘 알고 있다면 본인이 알고 있는 것의 상당 부분을 작품 속에서 생략하더라도 독자는 그 생략된 부분이 마치 명백하게 진술된 것처럼 강렬하게 읽게 되는 거라고 한다. 어떻게 하는 건지는 나도 모르고, 미주알고주알 무작정 떠들고 보는 내 쪽에게는 영 기대하기 어려운 묘수라는 것만 확실하다. (간판에는 Coffee. Tea. Beer. Cocktail. Wine. Whisky. Snack. 그리고 Midopa Coffee House 라고 적혀 있다. 왠지 헤밍웨이적인 문구다.)

간판을 지나쳐 상가 계단을 반 층 오른 뒤, 중문을 넘고 다시 반 층을 올랐을 때 커다란 피규어(?)를 맞닥뜨렸다. 민트색 점프 슈트를 입고 흰색 장갑까지 낀 그는 청결이 무척 우선시되는 공장에서 설비직을 맡은 직원처럼 보였다. 궂은 날씨에도 불구하고 복도에 나와 모자를 벗고 정중하게 인사하는 모습을 보고 있자니 어디선가 "잘 부탁드립니다. 취재를 도울 생산 파트의 아톰입니다." 하는 목소리가 들려오는 것만 같다. 취재 계획을 철저히 비밀에 부친 나는 당황한다. (어디서 정보가 새어 나간 걸까?) 일단 상대 쪽에서 예우를 갖춘 만큼 내 쪽도 고개를 숙여 인사해 도리를 다하지만 어쩐지 문을 열고 매장 안으로 들어가는 동안에도 아톰 군의 향방을 의식하게 된다. 다행히 아톰 군은 입구에 남아 계속해서 허공을 향해 정중히 고개를 숙이고 있었다. 어째서 설비 파트에서 저런 일까지 맡고 있는 걸까. 가여운 아톰 군.

미도파의 실내 전경을 간략히 설명하자면, 매장 중앙에 90도로 꺾인 기다란 바가 있고 그 둘레를 미국식 카페테리아 좌석과 디제이 부스 따위가 에워싸고 있는 구조이다. 창가 쪽 벽면에 테이블 네 개, 직각으로 커브를 돌아가면 나머지 두 개의 테이블이 놓여 있다. 그야말로 미국의 카페테리아 좌석을 떠올리면 된다. <펄프 픽션>의 오프닝 시퀀스나 <커피와 담배> 같은 영화에 나오는 정경 말이다. 공간은 결코 넓다고 할 수 없는 정도인데 면적으로만 따지면 일전에 다녀온 커피 스토어의 절반 정도이지 싶다.

실내 전경을 얘기하면서 미국식 카페테리아, 펄프 픽션, 커피와 담배 등의 미국적인 단어를 몇 번이나 사용해 버렸지만 어쩐지 성급하게 결론을 내려 버렸다는 기분이 든다. 정확히 말하자면 전후 미국의 문화를 흡수한 도쿄적인 인상에 가까운데, 그 절묘한 오리지널리티를 훌륭하게 구현한 공간에 머물고 있자니 주인장의 빼어난 심미안에 질투가 날 지경이다. 나 혼자서 하는 상상이지만 주인장은 일본어에 능통하며 영어도 잘하고 수염을 길렀고 선글라스를 즐겨 쓰며 서울에도 친구가 많고 도쿄에는 더욱 많을 것 같다. 또 그는 미도파의 정체성을 얘기하며 특정 국가나 사조를 들먹이는 일을 별로 달가워하지 않을 것 같은데, 그렇다면 정말 실례했습니다.

창가에 면한 자리를 골라 짐을 풀고 카운터로 향해 메뉴를 살폈다. 취재를 위해 꼼꼼히 살피려고 했건만 크림소다를 발견하고는 냉큼 "과연 빙산 이론은 옳았도다."라고 웅얼거리며 그것으로 주문했다. 국내에서는 완전히 비주류 취급을 받는 크림소다이니 고민의 여지가 없지 않은가. 나 같은 사람은 크림소다를 즐길 수 있다면 간판 따위는 아예 없어도 상관없다고 생각할 정도인데, 제대로 된 크림소다를 맛볼 수 있는 곳은 드물다. 확실히 드물다. 이 세상은 필자의 기호에는 도무지 티끌만치도 관심이 없는 게 분명한 것이다.

곧 크림소다가 테이블 위에 놓였다. 햇살 아래서 우아하게 삼위일체한 메론 소다, 바닐라 아이스크림, 당에 절인 체리를 나는 한참 동안 바라만 보았다. 맛을 보기도 전인데 '야, 이거 정말 맛있는데.' 따위의 추임새가 절로 나오는 거다. 어째서 여태 비주류 취급을 받고 있는지 도통 알 수 없다. 그때 오디오에서 들려오던 피아노곡이 끝나고 일본어로 말하는 어느 남성의 목소리가 들렸다. 뭐라고 하는지는 한 마디도 알아들을 수 없었으나 크림소다를 홀짝이며 잠자코 듣고 있자니 내레이션, 음악, 그리고 광고가 반복되는 걸로 보아 이건 필시 라디오다.

모쪼록 크림소다를 마시며 외국 라디오를 듣는 것은 그 자체로 운치 있는 일이다. 그러나 모처럼 넥타이까지 졸라매고 심기일전해서 왔건만 글을 쓰는데 속도가 나지 않는다. 이 추운 날 버스를 두 번이나 갈아타며 왔는데도 말이다. 글쎄, 커피 대신 음료수를 마신 탓인지 멍하니 앉아 있게 된다. 아이스크림을 떠먹으며 빙글빙글 회전하는 천장 팬을 구경하는 데에도 한참, 창밖으로 내려다보이는 왕복 6차로를 구경하는 데에도 한참, 뒷자리에서 떠드는 얘기를 훔쳐 들으며 비실비실 여기까지 적는 데에도 한참이나 걸렸다. 그동안 지나가는 자동차를 족히 천 대쯤은 본 것 같다. 그런데 어떻게 된 게 마음에 드는 차는 한 대도 없었다. 불평하려는 게 아니다. 오히려 마음이 놓인다는 얘기를 하고 있다. 차가 없는 이유 중 '갖고 싶은 차가 없어서'를 남겨 두는 것은 내게 적잖이 중요한 일인 것이다.

대관절 여기까지는 글을 쓰기 위한 관찰의 영역으로 칠 수 있다만, 저 멀리 길 건너편으로 보이는 S-Oil이나 Soulmate hair라는 이름의 미용실까지 관찰하게 되니 채찍을 들지 않으려야 그럴 수 없다. 한데, '소울메이트 헤어'라는 이름은 어떤 의미로 지어진 걸까. 머리칼이 영혼의 단짝이라는 걸까, 아니면 자기네 미용실이 영혼의 단짝이라는 걸까. 다들 알다시피 나는 미용실을 별로 좋아하지 않으니까 어느 쪽이든 심술이 난다. 우리가 머리칼을 영혼의 단짝으로 여기기 시작한다면 탈모인들은 오늘보다도 더욱 위축될 테고, 미용실을 영혼의 단짝으로 취급한다면 우리는 평생에 걸쳐 그에게 배신당하는 꼴이 되고 마는 게 아닌가.

계속 바깥만 바라보고 있으면 바로 위에서처럼 끝끝내 헛소리만 늘어놓을 것 같은 위기감이 엄습해 온다. 황급히 주의를 돌려 매장 내부를 살펴보기로 한다. 마침 구석에 놓인 책장이 눈에 들어왔다. 이거 잘됐다 싶어서 잠깐 다녀오기로 하는데, 이번에는 그 앞에서 한참이나 시간을 보내고 돌아온 참이다. 책장에는 1995년 5월부터 2003년 2월까지의 Kino[6]가 꽂혀있는데, <1996.01. 왕가위 스페셜 인터뷰>라든지 <1996.06. 세기말의 '이상한' 영화 시상 일백 편>이라든지 <1995.11. 저주받은 걸작들, 또 하나의 영화 역사(들)> 따위의 제목을 보고서 어찌 그냥 지나친단 말인가. 취재 따위는 잠시 잊고 아예 자리를 깔고 앉아 냅다 펼쳐 읽고 말았다.

자꾸만 딴짓을 하고 만다는 얘기를 적고 있으려니 괴롭지만, 독자의 입장에서는 그만큼 즐길 거리가 많다는 얘기로 들려 한 번쯤 꼭 가 봐야겠다는 생각이 들지도 모르겠다. 그건 그렇고, 어느새 해가 떨어졌다. 밖으로 보이는 풍경은 완전히 어둑해졌고, 길 건너의 S-Oil과 Soulmate hair의 간판은 더욱 눈에 띄게 빛나고 있으며 도로에는 멈춰 있는 차가 더 많아지기 시작했다.

---

6 1995.05. 창간, 2003.07. 폐간된 국내 영화잡지

막힐 만한 곳이 아닌데, 하고 글에서는 아는 체를 해 보지만 정말로 뭘 알고 하는 말은 아니다. 어쨌든 바깥의 사정만큼이나 매장 내부도 낮과는 전혀 다른 면모로 변했다. 더는 크림소다와 잘 어울리는 장소가 아니게 된 거다. 음악도 낮과는 성격이 아주 바뀌었는데, 줄곧 감탄할 만큼 좋은 음악들이 흘러나왔다.

역시 와닿지 않는 표현이겠지만 지금 이곳에는 몹시 데카당[7]한 정취가 감돌고 있다. 차량의 헤드램프 불빛이 산개한 도로의 정경과 조명을 밝게 켜지 않아 어둑한 실내가 몹시 퇴폐적인 대조를 이루는 것이다. 그런데 어쩐지 아까부터 자꾸만 무엇인가가 내 상상력을 자극하고 있다. 데카당. 나의 상상력은 데카당에 반응하도록 설계된 걸까?

나는 지금 이런 상상을 하고 있다. 준코 시마다 정장과 찰스 주르당 하이힐을 신은 여자가 몹시 지친 걸음을 이끌고 미도파에 들어온다. 그녀는 나 같은 사람은 감히 상상도 하기 어려운 일을 짊어지고 있다. 예를

---

7 퇴폐와 타락을 뜻하며, 일반적으로 유미적, 향락적, 감능적(感能的)인 시풍을 가리킨다.

들어 그녀가 속한 세계에는 두 개의 달이 뜬다거나 하는 일이다. 그녀는 연속된 필연에 휘말려 그런 세계에 편입해 버렸고, 문득 하늘을 올려다보고서 두 번째 달을 발견한다. 그리고 그것이 자신의 눈에만 보인다는 사실을 조금 전에 막 깨우친 것이다. 그녀는 자신이 처한 상황을 똑바로 인지하기 위해 술을 한 잔 마시며 정신을 가다듬으려 노력한다. 그리고 그 상황이라는 것을 원래 자리로 되돌리기 위한 방법을 궁리한다. 반짝거리는 왕복 6차로가 내려다보이는 미도파에서. 벌써 몇 시간째 같은 자리에 앉아 두리번거리기만 하는 괴짜 작가의 주변에서.

여기까지 상상할 무렵에는 이를 소재로 장편 소설을 써야겠다고 결심했지만, 위에 적은 세부 설정이 언젠가 무라카미 하루키의 소설[8]에서 읽은 내용이라는 사실을 기억해 냈다. 어쩐지 내 머리에서 나온 것치고는 지나치게 멋진 이야기라고 생각하던 참이었는데, 역시나!

—
8 <1Q84>

어느새 작업실로 돌아갈 시간이 되었네요. 미도파는 금요일, 토요일이면 새벽 한 시까지 영업한다고 합니다. 나로서는 그 시간이면 돌아갈 차가 없으니 의미가 없지만요. 크림소다도 맛있고 커피도 훌륭합니다만, 트는 음악이 정말로 좋으니까 여건이 되신다면 새벽까지 머물며 취해 보는 것도 좋겠습니다.

매주 금요일에는 디제이 부스에서 공연을 한다고 합니다. 지난주에는 하세가와 요헤이[9] 씨가 음악을 틀었다는데 즐기지 못해 아쉽네요.

아참, 구태여 덧붙이는 말이지만, 일하는 직원들이 특별히 친절한 타입은 아니지 싶습니다. 하지만 정중한 응대는 설비 파트의 아톰 군이 확실히 맡고 있으니 역시 불만은 없습니다. 무엇이 어떻든 각자의 역할을 다해 주기만 하면 되는 거니까요.

여기까지 읽느라 수고하셨을 여러분을 위해 덧붙이

---

9 전 '장기하와 얼굴들' 멤버

는데, 미도파 커피 하우스 근처에 '희로'라는 오뎅 바가 있습니다. 오리지널리티가 살아 있는 곳이니 미도파에서 희로로 가는 코스로 하루를 보내면 짧은 여행을 다녀온 기분을 느낄 수 있을 겁니다.

. 센티멘탈 취재 일지

' : 터방내

서울 동작구 흑석로 101 - 7

나는 지금 동작구의 어느 오래된 커피숍에 와 있다. 이름하여 '터방내'라는 곳으로 1983년에 영업을 시작했다고 하니 곧 개업 40주년을 맞게 될 시니어 커피숍이다. 미리부터 고백하자면, 어느 독자도 이곳을 취재해 달라는 메일을 보내지 않았다. 그러니 결론만 두고 보면 작가 제멋대로 와 버린 것인데 그렇다고 해도 평소가 보고 싶었던 곳에 와 있는 것도 아니니 지나치게 나무라서는 안 된다. 나조차 내가 이런 곳에 오게 될 줄은 정말로 몰랐다.

이 오래된 커피숍에 앉아 글을 쓰게 된 경위를 설명하기 위해서는 시간을 거슬러 어제의 얘기를 떠올릴 필요가 있다. 어제는 하루 종일 눈이 펑펑 내렸는데, 나는 궂은 날씨에도 굴하지 않고 책임과 의무를 다해 독자에게 추천받은 어느 커피숍으로 향할 계획이었다. 그곳은 용산구 소재의 커피숍으로 그의 말에 따르자면 그곳은 실내에서 시가를 피울 수 있다고 했다. 독자는 보아하니 그쪽도 어지간히 애연가인 것 같은데 느긋이 시가를 뻑뻑 피우고 있으면 글이 술술 써질 거라는 격

려로 글을 맺었다. 나는 시가를 피워 본 적이 없어서 정말로 그것이 글을 쓰는 데 도움이 되는지 알 수 없었지만 일종의 경험기로서 글을 써 나가면 독자의 말마따나 간편하겠다고 판단했다. 그렇게 기왕이면 밤늦게 가서 시가를 피우는 사람들 사이에 섞여 써 보자, 하는 야심에 찬 기획마저 떠안고 해가 지기를 기다렸다. 그때까지는 근사한 경험을 하게 될 거라는 기대 같은 게 있었는데.

이윽고 해가 떨어지고 나는 쏟아지는 눈송이 사이를 헤쳐 비틀비틀 작업실 일대 골목을 빠져나왔다. 한데, 그 순간 기묘하리만큼 기분이 침울해지는 바람에 걸음을 멈춰 버렸다. '잠깐만 생각 좀 호르몬'이 뇌에서 줄줄 새어 나오기 시작한 거였다. 이는 내 고질적인 고장으로 문득 해가 져 버린 것이 몹시 서럽게 느껴지고 주변의 모든 것이 무상하게 여겨져 오늘의 내 처지를 눈곱만치도 신뢰할 수 없게 되는 거다. 그럴 때면 도무지 수저질할 기운조차 나지 않아 '밥을 먹어서 뭐 하나, 할 줄 아는 건 하나도 없는데. 낭비야, 낭비.' 따위의 생각까지 하고 만다. 그런 와중에 비싼 시가를 피우고 싶은 마음 따위가 들 리 없다. 하물며 취재 준칙 같은 걸 되뇌며 글을 쓸 수 있을 리가. 나는 그저 즐겁게 써 보자, 하는 마음으로 커피숍 취재를 기획했고 지난 몇 주간 그를 실행에 옮기며 생활의 활력을 얻는 중이었다. 그러나 이런 상태로는 애써 글을 써 봤자 공허한 얘기만 늘어놓아 작가의 즐거움과 독자의 즐거움 모두를 해쳐 공익을 훼손하는 일이 될 터였다.

그런 이유로 나는 작업실로 돌아와 수틀린 기분을 회복할 방법을 궁리했다. 당최 뭘 해야 '신난다 호르몬'이 뇌에서 줄줄 흘러 주냐는 것이다. 궁여지책으로 음악도 듣고 운동도 해 보고 책도 읽어 보지만 침울한 기분만 고조될 뿐이었다. 눈은 점점 더 많이 쏟아졌고, 고요한 작업실의 시간은 그렇게 덧없이 흘러갔다. 이윽고 나는 기운을 회복하지 못한 채 이부자리로 기어들어 마음속으로 훌쩍훌쩍 울어대기에 이른다. 얼마나 긴 밤이었는지. 평소 좋아라 하던 차분하게 가라앉은 분위기 따위는 지긋지긋하다고 생각했다. 적막함이 적이 되는 순간, 나 같은 사람은 딛고 설 곳조차 없는 외로움에 잠기고 마는 거였다. 이내는 날이 밝으면 알록달록하고 시끄러운 곳으로 가서 달콤한 것만 가득한 파르페를 두 컵, 세 컵 퍼먹고 말 테다, 하고 다짐했다. 파르페. 이름조차 완벽한 파르페[10]. 나는 머릿속으로 그 달콤함만을 그리며 힘겹게 잠이 든 것이었다.

그리고 아침이 밝았는데, 한숨 푹 자고 일어나니 금세 마음가짐이 차분하게 정돈되었다. '잠깐만 생각 좀 호르몬'과 '신난다 호르몬'이 얼추 조화로운 비율을 되찾은 것이었다. 호르몬이란 얼마나 간사하고 변덕맞은 존재인가. 자기 전에 물색해 둔 디저트 가게가 서너 곳이나 되었는데 하루아침 사이에 그런 튀는 곳에 가고 싶다는 욕구는 깨끗이 사라져 버렸다. 하지만 지난밤에 떠올린 달콤한 파르페의 잔상만큼은 사라지지 않았기에 파르페도 먹고 조용히 글을 쓸 수도 있는 적당한 곳을 찾아 얼렁뚱땅 여기로 와 버렸다는 길고 긴 서론이었다.

비록 호르몬에 휘말려 계획에 차질을 빚은 형편이나 터방내의 첫인상은 기대한 것 이상으로 근사했다. 과장을 덜어내고 하는 말인데 나는 처음 내부 전경을 마주한 뒤에 눈을 비비고서 다시 확인했다. 상투적인 감상일랑 전면 부정하고 나서는 강렬한 아우라를 느낀 것이었다.

---

10 파르페의 어원은 '완전한, 완벽한'을 뜻하는 프랑스어 '파르페 (parfait)'이다.

가장 먼저 눈길을 끄는 건 각자 맡은 구역만큼만 빛을 떨어뜨리는 펜던트 등이었다. 좌석이 아닌 테이블 위로 떨어지는 불빛이 비밀스럽고 매혹적인 인상을 자아내는데 그것은 분위기를 조성하는 데 그치지 않고 실질적인 기능마저 가능해 보인다. 세간 앞에 당당하지 못한 남녀관계라도 이곳이라면 마음 놓고 커피를 마실 수 있는 것이다. 여느 커피숍의 경우에는 밀회를 즐기던 중에 동네 이웃이라도 나타나면 낭패를 면하지 못할 것이다. 그러나 이곳이라면 그림자 속으로 얼굴을 숨긴 뒤에 적당한 틈을 노려 안전하게 바깥으로 빠져나갈 수 있다. 방해꾼 쪽이 밤눈이 밝은 경우라도 걱정은 없다. 좌석마다 아치형 벽돌담이 달려 있는데, 그 뒤로 숨으면 작정하고 헤집지 않는 이상은 발각될 염려가 없다. 벽돌담 뒤에서의 밀회라니. 확실히 혹자의 관심을 끌 만한 요소가 아닐까. 이런 문란한 묘사를 영 불경스럽게 여길 독자를 위해서는 <화양연화>를 촬영한 장소라고 선전해도 몇 명쯤은 속아 넘어갈 정도로 은밀하고 로맨틱한 정취가 있다, 라고 덧붙이는 게 좋겠다.

한데, 여기까지의 묘사를 읽고 터방내를 방문할 작정이라면 콘택트렌즈나 안경을 빼고 올 것을 당부해야겠다. 시력이 1.0 이상이라면 실눈이라도 뜨는 수밖에 없다. 왜냐하면 선명한 시야로 터방내의 벽면을 확인하고 나면, 결코 <화양연화> 타령은 할 수 없게 되기 때문이다. 어느 대학가의 남루한 분식집에 있을 법한 '위대한 수필가 최형준 다녀감' 따위의 낙서가 벽면을 가득 메우고 있다. 벽지를 오염시킨 것으로 모자라 목재, 벽돌담, 천장, 조명 할 것 없이 손닿는 곳이라면 죄다 낙서가 묻어있다. 물론 본 작가에게는 그러한 사실을 미리 당부해 주는 사람이 없었다. 그 탓에 사방을 둘러싼 낙서들을 교정시력으로 마주했고, 그 결과 완전히 흥이 깨져 버렸다. 영유아를 양육하는 가정에서나 마주해야 할 처참한 광경이 아니던가. 머리가 지끈거려온다. 누가 시작한 일이고, 왜 그런 짓을 해야 했을까. 어째서 그 누구도 멈춰야 한다고 말하지 않았을까. 누군가는 멈춰야 했다. 누군가는 소매를 걷고 일어나 파괴자들의 펜촉을 막아서야만 했다. 기록을 남기려는 욕구가 인류의 진화 과정 중 빼놓을 수 없는 요소라지만, 수많은 기록을 토대로 진화한 오늘의 문명은 현명한 기록 방식을 터득하지 않았던가? 21세기에 벽화가 웬 말인지.

  기호에 따라서는 세월의 흔적이라며 정감 있게 받

아들여 줄지도 모르지만 상술한 이유로 작가는 무척 곤란해졌다. 쳐다보기도 싫은 광경을 글로 묘사하는 일만큼 힘겨운 일이 또 없다. 그는 내게도 지겨운 일이지만 독자의 입장에서도 구미가 당기지 않을 게 뻔하다. 그러나 보기 싫다고 해서 적지도 않으면 독자를 속이는 꼴이 되고 말기에 혼란은 가중되었다. 이내는 장소를 옮겨야 하나, 하고 고민에 잠기기까지 하는데, 그 찰나 기다란 유리컵에 담긴 파르페가 테이블 위에 놓였다. 즉시 벽면의 낙서 따위는 안중 바깥으로 밀려난다. 파르페의 달콤한 자태가 작가의 상처 입은 시신경을 달래 주고 보는 것이다. 달콤한 소다, 달콤한 아이스크림, 달콤한 과일, 달콤한 막대 과자, 달콤한 비스킷, 달콤한 시럽이 켜켜이 쌓여 있는데 이는 단순한 디저트가 아닌 우아한 고칼로리적 탐미주의로 아트의 경지에 올라선 것처럼 보인다. 거기엔 현대인으로서의 고충이나 세간에 만연한 차별, 폭력 등의 행태가 끼어들 틈이 없다. 파르페란 그에 대한 어떠한 입장도 표명하지 않고, 오직 쾌락만을 선사하기 위해 내 앞에 놓인 것이다. 아, 저 안으로 몸을 날릴 수도 있는데. 그 안에 잠겨 죽을 수도 있는데!

흥겹게 파르페를 휘적거리고 있자니 파르페가 주요한 소재로 등장하는 소설이 쓰고 싶어진다. 이렇듯 매사 소설을 쓸 생각만 하니 좀처럼 만족스럽게 지낼 수가 없는 나날이다. 하여튼 소설의 제목은 <총, 균, 쇠, 파르페>이다. 2030년을 배경으로 하고, 달콤한 파르페를 먹는 것만이 삶의 낙인 소설가 지망생 청년이 주인공이다.

여기 희망이라고는 엿볼 수 없는 자신의 처지를 오로지 파르페를 먹는 즐거움으로 견뎌 내며 살아가는 주인공이 있다. 그의 꿈은 소설가인 동시에 파르페 가게를 창업하는 건데, 그를 목표로 도쿄 유학을 위해 아르바이트를 하며 자금을 모은다. 그러나 언젠가부터 파르페는 지나치게 달콤하기만 해서 진지한 면모가 없다, 그러니 의미도 없는 데다 칼로리는 무시무시해서 옆구리에 살이 붙기 십상이다는 등의 이유로 대중에게 외면받기 시작한다. 이후 시장의 추세에 따라 다수의 커피숍은 파르페를 메뉴에서 제외하기 시작한다. 몇 군데 커피숍은 파르페를 지키기 위해 적자를 감수하며 판매를 지속하지만 그조차 오래 버티지 못하는데.

파르페를 먹을 수 있는 곳이 사라져 버린 탓에 상심에 잠긴 주인공은 파르페가 멸종한 이유와 자신의 소설이 문단으로부터 주목받지 못하는 이유가 유사하다는 사실을 깨닫고 자신의 처지를 더욱 비관하기에 이른다. 또 엎친 데 덮친 격으로 그 무렵 그는 하나둘씩 성공 가도에 오르기 시작한 주변인들로부터 대놓고 무시받는 경험을 하고 결국은 주인공조차 달콤함밖에 없는 파르페와 자신의 글에 환멸을 느껴 이내는 디저트 자체와 단교하는 동시에 절필까지 하고 만다. 유학을 위해 모아 둔 자금은 자격증 취득을 위한 학원 등록비로 모두 써 버린다. 그렇게 암울하기만 한 나날이 이어지게 된 것이다.

그러던 어느 날 자격증 학원에서 만난 주인공 애인의 강아지가 하늘나라로 떠난다. 그녀는 슬픔에 잠겨 며칠간 식음을 전폐하는데 주인공은 그녀를 위해 손수 파르페를 만들어 "파르페에는 달콤함밖에 없어. 그런 이유로 추세에서 밀려나 버렸지만, 도무지 딛고 설 곳이 없을 땐 이것만 한 게 없거든." 하고 말하며 건넨다. 그녀는 말없이 파르페를 떠먹으며 그동안 참아 왔던 눈물을 왈칵 쏟아 낸다. 그때, 며칠간 아무것도 먹지 않아 몹시 허약해진 몸 안으로 다량의 당분이 흡수되는 과정에서 그녀는 잠깐의 환각을 보게 된다. 그리고 그 환각 속에서 죽은 강아지와 못다 한 작별 인사를 나누게 되고, 마침내 편안한 미소를 머금고 잠이 든다. 이를 계기로 2년 뒤에 주인공과 그의 애인은 문을 닫은 파르페 가게를 인수해 운영하게 된다. 그런데 이 세상에는 딛고 설 곳 없는 슬픔을 맞닥뜨리는 사람들이 계속해 늘어났다. 그들은 자연히 파르페의 '완벽한 달콤함'에 위로 받기를 원했고 그렇게 추세는 또다시 변한다. 그로써 주인공 커플은 파르페를 통해 자신들에게 상처를 입혀 온 세상과 화해를 나누고 그 안에 무사히 안착하게 된다는 내용이다.

결말을 고민할 무렵, 파르페 글라스가 바닥을 보이는 바람에 마무리가 어설프다. 글쎄, 구조적으로 보강해야 할 부분이 다소 남아 있긴 해도 이만하면 썩 훌륭한 각본이 아닌가 싶다. 막상 쓰고 보면 코미디 이상은 못 될지도 모르지만. 아무튼, 이로써 파르페 한 컵을 깨끗이 비웠다.

마지막에서야 감지한 사실인데, 어쩐지 주변에 보이는 모든 사물의 높이가 다소 낮다는 느낌을 받았다. 천장도 낮고 벽돌담의 아치도 낮고 테이블도 낮고 소파도 낮다. 어떻게 된 일인지 곰곰이 생각해 본 결과, 지난

40년 사이에 한국인의 평균 신장이 대략 5~6cm쯤 커졌다는 사실을 떠올려 냈다. 그렇다면 이곳 역시 개업 당시의 평균 신장을 고려해 조성되었을 테니, 내가 느끼기에는 어쩔 수 없이 낮은 것이다. 5~6cm라고 하면 대수롭지 않게 생각할지도 모르는데, 작은 차이라도 구석구석 통일감을 갖추고 나면 제법 드라마틱한 차이를 만들어 내는 모양이다. 이처럼 곳곳에서 발견할 수 있는 세월의 부산물이 터방내의 매력이라고 정리할 수 있겠다.

그러고 보면 터방내가 영업을 시작했을 때의 20대 청년들은 60대가 되었다. 그만한 세월이 흐르는 동안 터방내는 자리를 지켜 낸 것이다. 앞서 취재한 커피 스토어와 미도파는 내가 60대가 될 때까지 그 자리를 지켜 낼 수 있을까? 독자들의 메일에 적혀 있던 그 수많은 커피숍은? 사실상 기대하기 어려운 일일 테다. 세월의 흐름 속에서는 지켜지는 것보다 사라지고 마는 것이 훨씬 더 많은 법이니까. 그렇기에 새삼 더욱 감동하게 된다. 함께 나이를 먹어 간다는 것에 말이다. 결국 우리는 그 모든 걸 기억의 뒤편으로 이격하는 작업에 가담하고 있다. 영차, 영차.

3.

귀소

꽃을 찍는 일

자주인지 가끔인지 확실히 짚어 두기는 어렵지만 문
득 마음이 내키면 구석구석을 이 잡듯 뒤져 지폐 두어
장을 찾아내 밖으로 나서곤 한다. 로터리 건너 화원으
로 향해 가게 안을 수상쩍게 서성이며 매대 위에 놓인
꽃들을 신중히 물색하는 것이다. 언젠가는 선물용을 찾
느냐고 가게 직원이 묻기에 아니요, 하고 짧게 대답한
적이 있다. 그때 나는 "같이 집으로 갈까?"라고 묻는 말
에 "뭘 해줄 수 있죠?"라거나 "얼마나 걸리죠?"라고 되
묻기 일쑤인 꽃들 사이에서 "부탁해요."라고 대답하는
특별한 꽃을 찾는 중이었고, 그러므로 길게 대답할 여력
이 없었다. 꽃에게 질문을 한다느니 꽃이 대답을 한다느
니 사실상 말도 안 되는 얘기라지만 엇비슷한 진열품 사
이에서 빼어난 하나를 고르기 위해서는 어떤 종류든 상
상력을 발휘하는 수밖에 없다.

　몇 송이 꽃을 곁에 두는 일은 생기를 잃은 메마른
일상을 통해 그 자체로 하나의 대단히 발칙한 사건으로
변모한다. 지폐 몇 장을 치러 튤립 몇 송이와 이름 모를
꽃을 한 줌 들고 작업실로 돌아오는 목적이 그것이다.
사건을 일으키기 위해서. 꽃병에 담은 꽃은 며칠에 걸쳐
소파 옆에 두었다가, 식탁 위에 두었다가, 창틀에 두었

다가, 머리맡에 두었다가, 발치에 두었다가, 컴퓨터 옆에 두었다가, 하여간 심심할 때마다 무진장 자리를 옮긴다. 가능한 다양한 각도에서 바라보며 즐기는 것이 꽃값에서 본전을 찾는 요령이다. 그런데 내가 자신을 관찰한다는 사실을 마치 꽃 스스로 의식하는 것인지 꽃들은 대개 처음 가져왔을 때보다 약간 더 보기 좋은 모양으로 변하기 시작한다. 꽃망울의 입이 벌어지고 빳빳이 쳐들고 있던 이파리가 자연스럽게 아래로 늘어지는 거다. 변화하는 꽃의 모습을 눈에 담는 일만 해도 심심한 재미가 있다. 그런 의미에서 남의 주머니로 옮겨간 지폐 몇 장을 논외로 친다면, 바깥에서 사 온 꽃을 병에 담아 두는 일과 별안간 방바닥에서 꽃이 자라나는 기적은 딱히 다름이 없지 않은가.

그러나 내 생활에 감도는 적막의 농도는 보통보다 얼마간 더 짙어서 존재 자체로 주변을 환기하는 꽃의 활력마저 충분한 효과를 잃어버리곤 한다. (어쩌면 이곳에서 꽃들은 제명보다 조금 더 빠른 속도로 죽어 가는지도 모른다.) 따라서 어느 새벽-여러모로 적당하게 느껴지는, 친애와 경멸이 공존하는 새벽-이 되면 문득 하던 일을 멈추고 꽃을 찍을 준비를 시작한다. 가장 아름다운 한때를 사진으로 남겨 주는 선행을 베푸는 것이다. 물론 이는 로터리 건너 꽃가게를 향할 때부터 계획된 일이다. 사진만을 위해 꽃을 사는 건 아니지만 어쨌든 내가 꽃을 집에 들일 때는 거의 언제나 사진을 찍는다는 명명백백한 계획이 동반된다. 준비라고 해 봤자 벽에 건 액자나 핀으로 고정한 인화지 따위를 떼어 내 배경을 비우고 선반 위에서 조명기를 꺼내 조립하는 게 전부다. 무언가 준비라고 할 만한 게 더 있다면 내 쪽도 자신감이 생기고 찍히는 입장에서도 나를 더욱 신뢰하겠지만, 상대가 꽃이니만큼 초상사진을 찍을 때처럼 대화를 주고받을 수도 없거니와 커피를 대접하고 근황을 묻고 담배를 피울 수도 없다.

이윽고 실내 이곳저곳을 방랑하던 꽃은 책상 위에서 카메라를 마주 보고 선다. 카메라 뒤에는 뷰파인더에 바짝 밀착한 내 눈이 있다. 나는 숨을 깊이 들이쉬고, 만개한 꽃잎을 꼿꼿이 쳐들고 서서 이파리를 살짝 늘어뜨린 꽃을 바라본다. 상대는 긴장하는 기색 없이 가만히 서서 카메라를 응시한다. 단지 처음 만난 때와 같이 "부탁해요."라고 말하는 것만 같은 표정으로. 고요한 새벽녘, 가장 정직한 방식으로 바라보는 꽃은 얼마나 완벽하게 아름다운지. 나는 약간 어질해진다. 일순간 압도당한 들숨과 날숨이 꼭 이별하는 두 사람처럼 힘겹게 멀어졌다가 가까스로 재회하는 것이다.

이후 손가락 끝에서 첫 번째 셔터음이 울린다. 나는 그것이 완벽한 순간, 그리고 완벽한 장면, 즉 꽃의 미어질 듯한 아름다움의 몰락을 알리는 신호임을 미리 알고 있다. 첫 번째 셔터음 이후 나는 빛을 줄이고, 이파리의 모양을 꺾고, 꽃잎의 방향을 옮겨 가며 다음 셔터 찬스를 노린다. 조명기를 옮겨 그림자의 모양을 교정하고, 렌즈의 초점 거리를 손보면서. 만지고, 만지고, 또 만진다. 벽에 천을 걸어 배경을 바꾸고, 꽃병을 교체하고, 줄기를 자른다. 그러다가 산만해져 버린다. 통제력을 잃어버리고 마는 거다. 뭐라고 설명하기조차 어려운 낭패다. 추파를 던질 엄두조차 나지 않을 만큼 황홀해 하던 마음가짐은 어느새 더, 더, 더, 를 외치는 식의 꼴사나운 몰입 상태로 변해 버리고 나는 그런 느낌을 받으며 괴로워한다. 잔인한 사실은 한 번 그렇게 되고 나면 곧 죽어도 처음과 같은 상태로 다시 돌아갈 수 없다는 것이다. 그것이 꽃이라는 피조물의 특성인지 몰입이라는 상태의 특성인지 혹은 아름다움의 연약한 속성인지 그것도 아니라면 나라는 인간의 빌어먹을 특성인지. 나는 꽃을 촬영하기도 하지만 어떤 의미로는 처형하기도 한다.

이윽고 조명기는 도로 해체되어 선반 위에 처박힌다. 더 애써 봤자 소용이 없다는 사실을 인정한 직후의 수순이다. 문득 시간을 확인하면 대개 촬영을 준비하던 시각으로부터 두 시간에서 세 시간가량이 흘러 있다. 새벽은 더 깊어질 수 없을 만큼 깊고 주변은 더 조용할 수 없이 조용하다. 나는 어질러진 작업실 한편에 앉아 가슴 속에 뜨겁게 타고 남은 잔열을 느낀다. 빠른 속도로 식어 가는 열기. 몸은 꽤 지쳐 있고 두 눈은 당장 잠이 들기를 바란다. 침대를 향해 긴다. 사람의 마음이 말로 늘어놓다 보면 구원받는 구석이 있듯 새벽의 고독은 침대를 통해 구원받는다고 믿는 사람처럼. 그러나 침대가 우리로부터 구원할 줄 아는 것은 육체의 피로뿐이다. 육체가 편안한 자세를 찾으면 상념은 그 틈을 타 사방을 향해 뻗쳐 나가고 베개는 머리통이 아니라 그 무거운 상념의 무게에 짓눌려 해지는 것이다. 흰 벽에 걸 만큼 제대로 된 작품 사진이 될 것 같지는 않다는 예감, 그러나 적어도 이 새벽에 꽃과 나는 서로의 공동을 메워 주었다는 유대감, 하지만 그게 전부라서 더는 서로를 중요하게 여겨달 라 조를 수 없다는 회의감 따위

가 뒤섞인다. 나는 잠깐 고개를 들어 꽃을 바라본다. 그
것은 마치 남녀 관계의 종말을 연출하듯 서러운 티도
내지 않으며 어둠 속에서 마지막 포즈를 취하고 있다.
마음에 병 하나를 얻은 기분으로 이불을 뒤집어쓴다.
숨이 막혀 온다. 하루를 리셋하고 싶은 욕구가 졸음을
물리친다.

　일말의 기대를 품고 현상한 필름을 보게 되는 건 며
칠 혹은 몇 주 뒤의 일이다. 이미지를 넘겨보며 나는 허
망함을 느낀다. 두 눈으로 직접 본 게 훨씬 아름다웠다.
내가 구사하는 사진술은 아름다움을 섬기는 내 눈에
못 미치는 것이다. 그때마다 본 것만큼 아름다운 사진
을 찍을 수 없는 것이 과연 축복받은 일인지, 아니면 지
금이라도 가진 카메라를 모두 처분해야 하는 이유가 되
는지 스스로 묻는다. 기억하건대 대답을 들은 적은 없
다. 꽃은 무엇을 상징하던가. 꽃은 너무 많은 꽃말을 가
졌고 그래서 너무 많은 것들을 은유한다. 하나같이 아
름답고, 연약하고, 유한한 속성의 무엇들. 낭만적이거나,
비극적이거나, 조용하거나, 소란한 종류의 사건들. 그것
의 작은 일부, 혹은 커다란 전체를. 그런데 나는 왜 꽃
을 찍은 사진에는 죄다 자화상(Self Portrait)이라는 제

목을 짓고 싶어지는 걸까. 따지고 보면 내가 닮고 싶은 건 꽃이라기보다 나무에 가까운데. 어쩌면 내가 찍는 사진이 실은 내 편이 아닐지도 모른다고 생각한다. 그럼에도 나는 사진을 취미 이상으로 대하고, 꽃병 수집을 새 취미로 들였다.

트로먼 커포티는 <머리 없는 매>에서 '봄은 자그마한 사건들이 조용히 일어나는 계절'이라고 적었다. 그는 그 문장을 수사하며 정원에 심은 히아신스에 새순이 돋고 버드나무가 초록색 이파리를 틔우고 라일락이 꽃송이를 피운다는 것을 적었다. 그렇다면 오늘같이 혹독한 겨울에 꽃을 찍으며 새벽을 나는 일은 봄을 앞당겨 맞이하는 의식으로 보아도 되는 게 아닐까. 다소 수고스러운 꿈을 꾼다. 그런 개념이 아닐까.

덧없는 멜로디, 슬픈 리릭스

나는 사람들을 관찰하는 일을 피서지의 햇볕 아래서 보내는 한가로운 오후만큼이나 좋아한다. 정확히는 살아 움직이는 군중을 관찰하며 흘려보내는 길고 지루한 시간을 좋아하는 것이다. 적고 보니 피서지의 해변에서 차가운 피나 콜라다를 마시며 군중을 관찰하다가 잠드는 것만큼 멋진 일이 또 있을까 싶어지는데, 아무튼 그런 덕분에 외출 중에 핸드폰이 꺼진다거나, 약속 상대로부터 갑작스레 바람을 맞는 일이 내겐 하등 사소한 위기조차 아니라는 얘기를 하고 있다. 붕 뜬 몇 시간쯤을 관찰에 몰두할 기회로 삼아 정체된 도로 위에 줄지어 선 자동차, 보행자 신호에 맞춰 일제히 교차로 위로 쏟아져 나오는 인파, 지상 선로 위를 엇갈려 지나가는 열차 등을 떠올리며 오히려 싱글벙글 즐거워지곤 하니 말이다.

이따금 한자리에 앉아 군중을 관찰하고 있자면 어느 시점에선가 세상에는 실로 다양한 사람들이 한데 뒤섞여 살아가고 있다는 느낌이 들어 감탄하게 된다. 경험한 바에 따르면 그러한 감상에 도달하기까지의 과정에는 한 가지 특이점이 존재한다. 관찰을 이제 막 시작할 무렵에는 모든 것이 기묘하리만큼 얼핏 비슷비슷하게 느껴진다는 것이다. 비슷한 높낮이의 인간들이 비슷한 모습을 하고, 비슷한 걸음으로, 비슷한 시간에, 비슷한 방향으로 이동한다. 하긴 그런 점이야말로 과연 '군중' 다운 면모가 아닌가 싶기도 하지만, 이상하게도 그런 느낌을 받을 때면 어쩐지 숨이 내 마음대로 쉬어지지 않는 느낌이 들어 가슴이 답답해진다. 더불어 어쩐지 자꾸만 삐뚠 생각이 들어 냉소적인 불만을 잔뜩 떠올리기까지 하니 이내는 스스로가 몹시 못돼먹은 사람처럼 느껴져서 곤란하다.

그런데 일단 관찰을 쭉 이어 나가다 보면 그와 같은 현상은 점차 완화된다. 시간이 지날수록 관찰의 질이 향상되어 보이지 않던 것들이 서서히 하나둘씩 눈에 들어오기 시작하는 것인데, 한 꺼풀 안으로 비집고 들어가 자세히 살펴보면 군중 속에 있는 누구를 대상으로도 그가 지닌 어느 특징을 꼽을 수 있게 된다. 그 특징이라는 것이 바람직한 종류의 것이든, 그러지 못한 종류의 것이든 그런 식으로 개개인 고유의 특징을 거듭 관찰하다 보면 얻게 되는 깨달음이 있다. 말하자면 그것은 옷차림이 시시하다고 해서 하는 일마저 시시하란 법이 없고, 언변이 시원찮다고 해서 화제 삼는 이야깃거리가 시시하단 법도 없다는 식의 깨달음이다. 꼭 거창한 정보가 아니더라도 불편해 보이는 걸음걸이, 짧게 자른 머리칼, 세계를 깔보듯 약간 들려 있는 턱 따위를 통해 그들 한 명 한 명이 제각기 다른 방식으로 자신들의 삶을 지켜 나가고 있다는 사실을 유추할 수 있다.

사실상 나는 별로 염두에 두지 않지만, 이론적으로 관찰을 통해 머릿속에 적립하는 지극히 추상적인 정보들은 내가 하는 일에 도움이 된다. 내가 하는 일이란 이미지와 이야기와 연관된 것이고, 어떤 의미에서 군중은 수많은 이미지와 이야기로 이루어진 덩어리에 불과하기 때문이다. 그 때문인지 일부러 염두에 두지 않는다고는 해도 관찰 중에는 일종의 직업병 같은 게 발동되어서, 나는 눈앞을 스쳐 지나가는 이미지를 유심히 관찰해 거기서 얻는 정보를 토대로 대상을 수식하는 문장을 짓곤 한다. 그 대상은 한 사람이 될 수도, 한 부류로 통하는 여러 사람이 될 수도, 또는 군중 전체가 될 수도 있다. 그다음은 적당히 직조된 문장을 활용해 머릿속에 이미지를 그려 나간다. 볕이 듬뿍 드는 야외에서 툭, 툭 스냅 사진을 찍듯이 아주 빠른 속도로 말이다. 어쩌다 가끔은 메모를 한다거나 간단한 스케치를 그려 두는 때도 있지만, 대개는 기록을 남기기 전에 머릿속에서 지워 내기 일쑤인데, 이미지를 문장으로, 문장을 이미지로 만드는 놀이를 거듭 반복하다 보면 그 재미에 심취해 시간이 지나는 것도 잊어버리곤 한다.

관찰에 대해 얘기하니까 떠오르는 생각인데, 이따금 남다른 통찰력을 가진 누군가가 나에 대해서, 혹은 내가 쓴 책에 대해서 풀이할 때면 나는 쑥스러움에 얼굴을 붉히면서도 마치 어린애처럼 즐거워하는 경향이 있다. 꼭 기발하거나 호의를 담은 수식이 아니라도 누군가 나를 바라봤다는 것, 또 거기에서 무엇인가를 발견했다는 것, 그리고 그것을 그냥 흘려보내지 않고 '언어화'라는 수고를 들여 주는 것은 덮어놓고 고마운 일인 것이다. 한데, 타인이 내게 붙여 주는 수식이야 그렇다 치고, 만약 나 자신을 단 하나의 수식으로 정의한다면 어떤 말을 골라야 할지 문득 궁금해졌다. 한평생을 바친 관찰자로서 스스로를 어떤 말로 수식할 것이냐는 것이다. 생각나는 대로 모두 적으라고 한다면 그야 어렵지 않은 일이 될 테다. 나를 비난하는 수식 이백 가지쯤에 칭찬하는 수식 열 가지쯤을 지치지도 않고 줄줄 늘어뜨릴 수 있다. 하지만 단 한 문장이어야 한다고 하면 얘기가 달라져서 마치 사느냐, 죽느냐

하는 문제를 검토하듯이 신중해질 듯싶다.

고민 끝에 대답하건대, 여러 문장을 무한대의 콤마로 이어 늘어뜨린다고 해도 이 말을 적지 않는 한 결국 나에 대한 수식은 완결되지 않을 것 같다. 시종일관 슬퍼하는 사람. 청승맞은 문장이다. 내가 적은 말이지만 정말로 청승맞다. 하지만 슬퍼하는 기질을 얘기하며 청승을 좀 떨었다고 해서 단지 우습게 생각할 수만은 없다. 정말로 나라는 사람은 버릇처럼 슬퍼하는 것이다.

줄곧 무엇인가를 견뎌 낸다는 실감을 몸에 두르고 살아왔다. 한 해, 두 해의 일을 얘기하는 것이 아니라, 어렸을 적부터 줄곧 그런 느낌을 받아 왔다. 한없이 말랑한 두 주먹을 꽉 쥐고서, 엄마의 바짓가랑이를 붙잡고 서서, 벽 모퉁이에 등을 기대고 서서, 부르튼 엄지손가락을 입에 물고서. 드러내 놓고 내색하는 법 없이 일단 견디고 보는 것은 아마도 1997년 8월 8일생 최형준의 타고난 기질이리라. 일관적이게도 그 기질은 영악한 사고와 적당한 처세를 차츰 배워 나가며 목젖이 솟고, 어깨가 벌어지고, 체취나 체모를 숨기게 돼서도 변하지 않았다. 어떤 모습이 되었든, 어떤 사람이 되었든, 내가 도착하는 곳에는 언제나 전에 없던 견뎌야 할 무엇이 기다리는 거였다. 견뎌야 할 무엇을 기어코 감지해 내는 것은 무작정 남부터 배려하는 기질을 지닌 이가 손해 보는 재능처럼, 자기 기분밖에 모르는 기질을 지닌 이가 남에게 상처 입히는 재능처럼, 과민한 기질을 지닌 내가 가진 재능이었다.

　분명 즐거운 얘기를 하며 글을 시작한 것 같은데, 여기까지 적는 사이에 다소 침울한 기분이 되어 버렸다. 나는 무엇을 그리도 어렵게 견뎌 왔기에 피서지의 차가운 피나 콜라다에서 출발한 이야기를 별안간 자신을 시종일관 슬퍼하는 사람이라 밝히는 방향으로 내몬 걸까. 당최 알 수가 없다. 내가 견뎌 온 것이 정확히 어떤 것들이었는지 적으려 해도 좀처럼 손이 떼어지지 않는다. 지극히 사소한 것에서부터 응당 동요해 마땅한 것들까지, 일상적으로 지나치게 많은 것들을 견뎌 온 탓이다. 이제 와서는 도무지 특정 지을 수 없다. 그러나 나 자신을 '시종일관 슬퍼하는 사람'이라 명명한 마당에 그 모든 견딤이 시간이 지나서 슬픔으로 귀결되었다는 것만큼은 확실히 대답해 둘 수 있겠다. 기억 속의 모든 견딤이 '슬픔' 안에 포함된다. 견뎠다는 건, 슬펐다는 것이다. 견디고 있다는 건, 슬퍼하고 있다는 것이다. 견디게 될 거라는 건, 슬퍼지고 말 거라는 뜻이다. 고로 나는 끊임없이 견딤으로써 계속해서 슬퍼할 이유를 만들어 내고 있는 게 아닌가. 그렇기 때문에 스스로를 수식하며 '시종일관 슬퍼하는'이라는 말을 고를 수밖에는 없는 것이다. 빈틈없이 꼭 들어맞는 감각은 으레 쾌감이어야 하는 건데. 이럴 땐 어느 박자에 쾌재를 불러야 하는 건지.

이럴 줄 알고 우리 엄마 아빠는 내게 웃고 있는 입꼬리를 만들어 줬는지도 모른다. 그러지 않으면 웃을 일보다 울상을 지을 일이 더 많을지도 모른다며 말이다. 정말로 내 입꼬리는 보기 좋게 살짝 위를 향해 말려 있어서 특별히 인상을 쓴다거나, 일부러 눈을 가늘게 뜨지 않는 이상 나는 언제나 희미한 미소를 머금고 있다. 과민한 성정에도 불구하고 필요 이상 위축되지 않고 자라날 수 있었던 건 어쩌면 이 웃고 있는 입꼬리의 부적 같은 효과가 아니었을까. 그러나 두 분의 노력이 무색하게도 나는 기어코 글을 쓰는 사람이 되어 버렸다. 그것도 슬픔을 그냥 묻어 넘기지 않으려는 사람, 허튼 수로 슬픔을 감추고, 속이고, 묵살하는 대신 그것을 제대로 이해하고, 끌어안음으로써 정면으로 승부를 펼치려는 사람이 되어 버렸다.

뭐랄까, 길고 긴 새벽이다. 하지만 소음 속에 고요가 전혀 없지는 않다. 쾌락 속에는 허망함이 있고, 제일가는 아름다움에도 추함이 있다. 그러니 슬픔 속에 즐거움이 없다고는 그 누구도 말할 수 없으리라. 어쩌면 나는 커튼을 활짝 젖힌 누군가가, 빛을 등지고 다가온 누군가가, 제대로 된 옷을 차려입은 누군가가 "아침이에요."하고 깨워 주기를 기다리고 있는지도 모른다.

이 글에 마땅한 결론이랄 게 있는지는 모르겠다. 하기야 견뎌 내는 기질에, 슬퍼하는 속성에 결론 같은 게 있었더라면 나는 이런 글을 쓰지 않아도 되었을 테지.

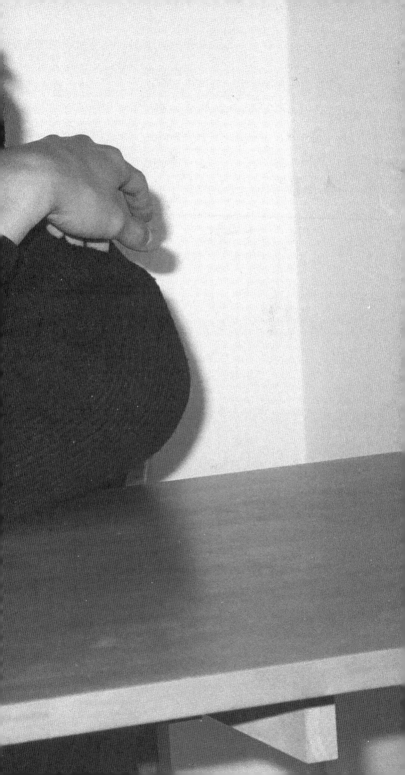

낮이 긴 나라에 살고싶다

이따금 커피를 주문할 때를 제외하고는 도무지 입을 뻥긋거릴 기회조차 주어지지 않는 날이 있다. 조금도 자랑할 만한 일이 아니라서 이따금 있는 일인 마냥 둘러대 보지만, 근래 들어서는 그 빈도가 일력에 빨간 날이 찾아오는 것보다도 잦아졌다. 사태의 원인이 유달리 혹독한 올겨울 추위 탓인지 코앞으로 다가온 동지 탓인지 모르겠다. 한 가지 확실한 건 둘 중에 어느 것이라도 시의적절한 이유로 손색이 없다는 사실이다. 낮보다 밤이 긴 계절에는 내가 아닌 누구라도 조금쯤은 떠들 일이 줄어드는 걸 테니까.

부쩍 악화된 이 일련의 사태에 관해서 예시를 들자면 어제도, 엊그제도, 심지어는 오늘마저도 좋은 예로 쓰일 수 있다. 며칠째 커피숍에서 책을 읽고 돌아온 뒤로는 줄곧 소파에 앉아 까무룩 어두워져 가는 창밖을 바라보며 긴 시간을 보냈다. 그 시간 동안에 정말로 내가 보는 건 창밖의 풍경이라기보다 두 눈과 창 사이로 무상하게 전진하는 시간의 잔해 같은 거다. 바깥까지는 내다보지도 못한 채 먹먹한 어느 점 한가운데로 조용히 딸려가 버린다. 하품조차 일지 않는 비합리적인 정지 상태. 그때 나는 그 어지러운 상태에 머무르는 것 말고는

195

달리 할 일이 없다고 생각한다. 역시 자연스럽지 못한 생각이다. 나처럼 세상만사 미뤄 둔 일이 많은 사람에게 정말로 할 일이 없을 리가 없다.

청결한 위생 상태와 눈을 즐겁게 하는 정리 정돈 따위를 제외하고도 해야 할 일이야 많다. 스스로와 약속한 일들. 다른 누군가와 약속한 일들. 누군가를 구원할지도 모르는 일들. 나 자신을 구원할지도 모르는 일들. 줄곧 결정할 일도, 가다듬을 일도, 고민할 거리도, 이윽고 달래야 할 마음도 많은 채 산다. 개중에는 정해진 기한이 있는 일도 있고, 기한은 없더라도 기약은 있어서 머지않아 스스로 배수의 진을 쳐야만 하는 일도 있다. 그래서 술에 취하거나 몸져누울 때면 시간을 버리는 게 가장 괴롭다. 그런 탓에 커피나 담배처럼 반응은 빠르고 탈은 천천히 나는 것과 어울려 산다. 그런데 할 일이 없다니. 무언가 착오가 있는 게 분명하다. 하지만 그 시각 나는 아주 침울한 기분이고 일단 그런 상태인 이상은 소파에 기대 시간을 허비하는 것밖에는 달리 할 일이 없는 거나 마찬가지가 된다. 평소처럼 게으름을 피우고 싶은 거라면 그야 더 생각할 것도 없이 실컷 놀고먹어 주는 건데, 글쎄 이건 좀 다르다.

이윽고 방 안에 아주 짙은 어둠이 들어차던 무렵, 나는 조명을 켜기 위해 스위치를 찾아 바닥 어딘가를 더듬었다. 얼추 이쯤에 있을 텐데, 하며 전선을 손끝으로 훑어 쫓아간다. 어째서인지 꼭 감옥에 갇혀 남은 형기를 세는 것만큼 울적한 기분이 들고 만다. 내가 켜는 조명은 죄다 소상히 잘 고른 것들인데. 조명이 저기 저렇게 놓여 있는 게 아주 로맨틱하다며 감동하는 이들의 얼굴을 나는 열 명도 넘게 기억하고 있는데. 일순간 억누르고 있던 감정의 끈이 탁, 하고 끊어지고 만다. 잘못된 대우를 받고 있다는 실감에 울컥 화가 치밀어 오르는 것이다. 하지만 대체 무엇으로부터 어떤 부당한 대우를? 그 누구도 나를 혼자 내버려 두지 않았다. 그럼에도 나는 혼자이고, 혼자인 게 싫은 건지 아니면 제대로 혼자가 되고 싶은 건지조차 분간하지 못하는 채 혼자이다. 어이가 없도록 파릇한 나이이다. 아무리 혹독한 겨울이라도 이것보다는 즐겁게 보내야 한다. 내가 이러고 있는 이유가 있다면 그건 오직 좋아서 그러고 있는 거여야 한다. 아, 나는 깨닫고 만다. 이 세상에서 내게 제대로 된 대우를 하지 않고 있는 건 나 하나뿐이라고.

나는 집착에 가까운 수준으로 조용한 순간을, 하루

를, 나날을 선망하는 인간이다. 다만, 그토록 선망하는 바가 천성에 딱 들어맞지 않는 형편이라서 불규칙한 주기를 두고 조용한 나날이 좋았다가 싫었다가를 반복하는 것이 나를 둘러싼 형세이다. 구불구불한 국경을 따라 직선으로 내달리는 모양새다. 가다 보면 어느 한 편이고 그대로 더 가다 보면 다른 한 편이다. 조용한 나날에 대해 일관된 태도를 유지하지 못하는 것은 나의 약점이 아닐까 싶다. 그러한 비일관성은 아마 내가 쓰는 글에서도 티가 날 텐데 나는 그 사이에서 중심을 잡는 법을 아직 익히지 못했다. 추운 날씨를 탓해 보고 지나치게 일찍 지는 해를 탓해 보아도 적어도 이것보다는 소란한 게 좋지 않을까, 하는 생각은 멈추지 않는다. 이대로 영영 조용한 것을 싫어하는 사람이 되는 건 아닐까. 나는 불안해한다. 그토록 바라는 조용한 나날이 이어지고 있는데 여전히 흠모하고 있자니 무언가 잘못되어도 한참 잘못되어 가고 있다는 느낌이 드는 탓에. 어쩌면 우리는 감당하지 못할 것들을 선망하며 사는지도 모른다. 그렇다면 선망은 실수다. 과오다. 이런 말이 사실이어서는 안 되는 건데.

시간은 계속 간다. 가만히 있어도 내일이 온다. 나는

하루가 이렇게 끝나 버리는 것을 애도하며 순순히 난로 옆에 눕는다. 졸음과 맞서 싸울 의지를 어디에서도 끌어올릴 수 없다. 일 분이라도 서둘러 하루를 리셋하고 싶다는 생각만 한다. 오늘 것은 잘못되었다. 내일은 이것보다 나아야 한다. 눈을 감고 되뇐다. 내일은 다를 거라고. 그러나 어제도, 엊그제도 똑같은 문장에서 위안을 찾았다. 무겁게 가라앉은 몸뚱이를 몇 바퀴나 뒤척일 동안에도 잠에 들지 못한다. 대신 종일 저도 모르게 떠벌린 혼잣말을 머릿속에 떠올린다. 달래는 말, 꾸짖는 말, 감탄하는 말, 격려하는 말, 자책하는 말, 결의를 다지는 말, 패배를 예감하는 말, 한 대 패 버리겠다는 말, 진정하는 말, 협상을 시도하는 말, 협상을 결렬시키는 말, 대수롭지 않다는 듯 너스레를 떠는 말. 그런 것들을 속으로 되뇐다. 공연 직전에 오른 마지막 리허설처럼 매끄럽게 되뇐다. 오케스트라 피트에서 연주가 시작되면 몸에 익은 안무가 의식 없이도 떠오른다. 등장과 퇴장, 독무와 군무, 아다지오와 알레그로, 오프닝과 커튼콜. 나는 공연 전체를 장악하고 있다. 꼭 대본을 외우는 것 같구먼, 하고 생각한다. 대본에 '꼭 대본을 외우는 것 같구먼'이라는 문장이 추가된다. 이불 속을 비적이며 회전하는 동안 계속해 대본을 추가해댄다. 그걸 다 쓸 수 있다

199

면, 거기에 무언가 중요한 게 내포되어 있다면, 나는 오늘보다 제대로 된 작가가 될 테다.

비록 내가 산전수전을 다 겪은 베테랑이라고 자칭해서야 농담밖에는 안 되겠다만 고독감이 병이 되는 형세에 관해서만큼은 나름대로 애달프다고 할 만한 기억을 갖고 있다. 내 안에는 고목의 나이테처럼 썩어든 몇 부분이 섞여 있는 것이다. 그동안 정립시킨 내 주의는 이렇다. 신이 만든 모든 것은 적절히 흩트려 놓지 못하고 쌓이기만 해서야 꼭 곤란한 일이 되고 만다고. 그 대단한 현금조차 어떤 의미에서는 그럴 테고, 제때 답장을 보내지 않아 읽기조차 미안한 연락들, 제때 닦지 않아 진창 쌓여 버리는 설거짓거리, 제때 끝장을 보지 못해 영영 쓸모가 없어진 원고, 제때 회수하지 않아 폐기된 필름이 그렇다. 글쎄, 근데 요새는 마음 안에 있는 곳간에 무엇인가가 차곡차곡 쌓여만 간다. 거기 쌓여 가는 것에 이름을 붙인다면 아마도 그건 고독감이겠고. 무겁게 가라앉은 패색이 곳간을 가득 메운다.

잠 대신 많은 말을 떠올리는 건 붕괴의 징조다. 어이없을 정도로 파릇한 나이인데. 혹독한 겨울이라도 이것보다는 즐겁게 보내야 하는 건데. 이런 말을 자주 되뇌는 것 역시 붕괴의 징조다. 수를 써야만 한다. 잠들기 직전이면 세계에 존재하는 어느 낮이 긴 나라를 떠올린다. 그중에도 해가 제일 늦게 떨어지는 도시를 떠올린다. 언젠가 나는 그곳의 시민이 될 거라고. 거기서는 여러 사람과 어울릴 것이라고. 물방울 떨어지는 소리에 벌새처럼 멈춰 서 춤을 추는 사람들 사이에 섞여 있을 거라고. 그리 다짐하며 마음을 달랜다. 낮이 긴 나라에 살고 싶다. 그중에도 해가 제일 늦게 떨어지는 도시에 정착하고 싶다. 하루의 구분은 밤과 밤사이에 지어지지만, 우리는 밤이 아닌 낮을 떠올리며 지나간 나날을 센다. 우리는 밤에 늙고, 낮에 젊은 것이다. 그러나 그 젊음이란 것을 어떻게 써야 할지 모르기 때문에 낡아 가는 기분만 느끼며 산다.

조용한 나날을 사랑할 수 없으면, 나 같은 사람의 생애는 고달프다. 두말할 것 없이 나는 즐겁게 살아가고 싶다.

나는 두 번 다시

춤을 추지 않아도 좋은 걸까?

말하지 않아도 알고 있는 이들이 더 많을 거로 생각하는데, 몇 해 전까지만 해도 나는 무대 위에서 춤을 추는 무용수였다.

매일 아침 연습실로 향해 땀을 흘리며 <백조의 호수>, <지젤>, <잠자는 숲속의 미녀>, <호두까기 인형>과 같은 작품을 연습해 콩쿠르에 참가하고 갈라 무대에 오르는 일상을 살았다.

단조롭고 고단하지만 확실히 우아한 구석이 있는 삶이었다.

점차 줄어드는 추세지만 이따금 무용수로 지냈던 과거에 대해서 말하게 되는 때가 있다. 좋은 의미로든 나쁜 의미로든 나라는 인간은 기본적으로 타인의 호기심을 자극하는 면이 있어서 어떤 종류의 사람들은 내게 이런저런 질문을 건네고 싶어 하는 것이다.

그것은 대개 지극히 드라이한 호기심이다. 말하자면 '저 사람과 대화를 나누고 싶어서 참을 수가 없어.'라기 보다는 '저 사람과는 별 무리 없이 호의적으로 대화를 나눌 수 있겠어.'라는 뉘앙스에 더 가깝다. 그렇게 드라이한 호기심이 그 이상의 반응으로 이어지거나 본격적인 정서적 교감으로 연결되는 경우는 거의 없는데 그 사실을 질문자 본인이 알아차리기까지 나는 그의 여러 질문을 상대해야 한다.

　아무튼, 자주 듣는 질문 중 한 가지는 현재 어떤 일을 하고 있냐는 것이다. 그때 나는 단순히 "글을 쓰고 있습니다."라고 대답하고 마는데 어떤 상대들은 그렇군요, 하고 적당히 넘어가 주지 않고 원래부터 글을 쓰셨던 건가요? 하는 식으로 되물어 온다. (그런데 원래부터 글을 쓴다는 건 어떤 의미일까? 나는 그들이 어떤 의도를 갖고 그런 질문을 하는 건지 잘 이해하지 못하는데 글쎄, 아무리 좋게 봐도 전형적인 작가 타입으로는 보이지 않는 걸까, 하고 유추해 보는 수밖에 없다. 혹은 그다지 진지한 태도로 글을 쓸 것 같아 보이지 않아서 그런 얘기를 듣는 지도.) 상대가 그렇게까지 물어 오면 하는 수 없이 "글을 쓰기 이전에는 발레를 전공했습니다."라고 얘기한다. 그러면 그들은 무언가 완전히 납득이 갔다는 표정을 지으며 "어쩐지 태가 다르다고 생각했어요."라거나 "어머, 예술가셨구나?" 하는 식의 반응을 보인다.

　제각기 다른 반응이었지만 그들은 대체로 사뭇 동경 어린 태도로 나의 생애를 추켜세워 주었다. '무용수였습니다.'라는 대답은 '전직 축구선수 출신입니다.' 혹은 '패션모델 일을 했습니다.'라는 얘기와는 사뭇 다른 인상을 발휘하는 것이다. 보편적인 기준에서 보면 사람들은 대개 발레에 대해서 무척이나 막연한 감상 밖에 갖고 있지 않고 그 무척이나 막연한 감상이라는 것에는 마찬가지로 무척이나 막연한 환상이 포함되어 있기 때문이 아닐까, 생각하고 있다. (국내 발레계에게는 여전히 남은 숙제가 많군요.)

각설하고, 나는 그러한 상대들의 반응에 대해서 퍽 감사한 마음만을 갖고 있다. 밤낮없이 타이츠를 입고 연습실에서 몸과 마음을 혹사한 데에 대한 최소한의 보상 같은 것으로 여기고 있는 거다. 그런 것 말고는 무용을 했던 과거가 내게 보탬이 되는 일은 지극히 드물다. 다른 일을 하려고 할 때 실질적인 경력이 되는 것도 아니고 별안간 녹슬지 않은 두블 뚜르 앙 레르[11]를 선보인다고 해서 누군가 커피 한 잔을 대신 계산해 주는 것도 아니다.

정말로 고작 그런 것이다. 발레를 해서 여전히 좋은 점은.

―
11 두블 뚜르 앙 레르 (double tour en l'air) : 공중에서 실시하는 2회전을 말한다.

오늘의 나는 춤을 전혀 추지 않는다. 나의 생활은 시간의 유동성이라는 급류에 휩쓸려 어느새 무용으로부터 아득히 먼 곳까지 벗어나 버린 것이다. 따라서 이른 아침 바(Barre)를 붙잡고 워밍업을 한다거나, 발등을 꺾고 다리를 찢는 일은 없다. 음악에 맞춰 공중에 뛰어오르거나 회전하는 일도 없거니와 여자 무용수를 한 팔로 들어 올릴 일도 없다. 실수한 동작에 대해서 자책할 일도 없고, 스승에게 모욕을 당할 일도 없고, 사고가 나지 않는 한 심각한 부상을 걱정할 필요도 없다. 이렇게 적고 보니 그런 일들은 하나같이 '무용'한 일들이 아닌가?

한편 근래의 나는 오직 생활을 위한 수단으로서 몸을 움직이며 신체를 운용해 나가고 있다. 지극히 생활적 측면의 체력 소모이다. 나는 여전히 몸을 사용하는 일을 좋아하는데 이상하게도 몸에 힘이 남아 있으면 어딘가 어색한 기분이 들고, 그것을 어떻게든 소진하고 싶어진다. 글을 쓴다거나 사진을 찍는다거나 하는 일로는 좀처럼 충족되지 않는 욕구이다. 물론 글쓰기와 사진 또한 체력을 대단히 요구하는 일이지만 앞서 얘기한 욕구가 먼저 해소되지 않으면 차분히 앉아서 글을 쓰거나 사진을 찍을 마음이 전혀 들지 않으니 낭패이다.

알아 가면 알아 갈수록 퍽 요령이 없는 인간이다. 차라리 체육관에 등록해 제대로 된 운동을 통해 힘을 빼 버리는 방법도 있겠지만 선뜻 내키지 않는 일이다. 배우고 싶은 운동이야 여럿 있음에도 사람들과 뒤엉키는 일만큼은 선호하지 않는 탓이다.

그런 이유로 나는 남는 힘을 소모할 갖가지 이유를 일상 속 곳곳에 마련해 두고 있다. 옷가지로 가득한 슈트 케이스를 들고 빨래방에 다녀온다거나 작업실을 엘리베이터가 없는 건물로 결정한다거나 지치지도 않고 가구 배치를 전면 수정한다거나 어딘가 이삼십 분가량 자전거를 타야 할 일을 만드는 것이다. 음악을 듣기 위해 레코드를 다루고 커피를 마시러 커피숍으로 향하며 끼니를 때우러 동네를 배회하는 것도 결국 같은 맥락이다.

사족은 이쯤하고, 나는 앞으로 두 번 다시 춤을 추지 않아도 좋은 걸까? 이때까지 드러내지 않은 미련이나 아쉬움 같은 게 마음 한편에 남아 있지는 않는가 말이다. 그런 게 있다면, 그것을 언제까지고 모르는 체하고 살아갈 수 있을까?

결론은 잠시 미뤄 두고 차분히 생각해 보기로 하자.

일단 누군가 내게 딱 한 번이라도 좋으니 너의 춤을

다시 볼 수 있게 해 줘, 라며 진심 어린 부탁을 해 온 적은 없다. 무대에 오를 때만큼은 너도 참 행복해 보였어, 라는 얘기도 들어 본 적 없다. 얼추 비슷한 얘기조차 들어 보지 못할 동안에 오히려 그 반대의 얘기라면 몇 번이나 들었다. 그만두기엔 아까운 점이 많은 것은 사실이지만 확실히 춤을 추지 않은 뒤로 더욱 좋아 보인다는 것이다. 그렇다면 다른 누군가의 회유로 인해 내가 다시 춤을 추게 될 일은 없다는 얘기가 된다. 어쩌면 당연한 얘기다. 애당초 나는 춤이라는 것을 별로 좋아해 본 적이 없다. 그 말은 즉, 관객으로 하여금 꼭 다시 한번 보고 싶다는 감흥을 일으키는 무용수가 될 만한 자질 자체가 없었다는 얘기이다. 그것은 재능이나 실력의 문제가 아니다. 나는 뛰어난 무용수가 되기 위해 나름대로 전력을 다해 노력했고, 덕분에 단점보다 장점이 더 많은 무용수로 거듭나 (결코 쉬운 일이 아니었다.) 그럭저럭 멋들어진 동작과 태도를 구사하게 되었던 것이다. 하지만 고도로 정형화된 발레의 경우라도 춤이라는 것에는 필시 댄서의 내면이 묻어 나오기 마련이고 관객이 저 사람의 춤을 꼭 한 번 다시 보고 싶다고 생각하게 만드는 것은 무용수의 움직임 자체라기보다 그 안에서 엿보이는 순수한 열망이지 싶다. 무대 위에서 춤을 출 수 있기에 행복하다, 그 무엇과도 이 행복을 바꿀 수 없다, 라고 말하는 것만 같은. 그러니 딱히 춤 같은 건 좋아해 본 적 없습니다, 라고 얘기하는 나 같은 사람은 춤이 아니면 안 된다 말할 자격이 없다.

남들이 하는 얘기야 그렇다 치고, 한편 나 자신은 어떠한가. 춤에 대한 아쉬움이나 미련 따위가 정말 조금도 남아 있지 않은가?

샅샅이 뒤져 찾아내려 해도 없다. 정말이지 없다. 춤을 추는 본인이 즐겁지 않은데 그 춤을 다시 보고 싶어 하는 사람조차 없는 것이다. 그렇다면 그가 계속 춤을 춰야 할 이유가 당최 어디에 있단 말인가?

지난 4월 이태원 낭독회 자리에서였다. 낭독을 마친 뒤에 독자들이 묻는 말에 즉석에서 대답한 적이 있었다. 그중에 무용을 전공하고 있는 한 독자는 내게 춤을 추며 가장 행복했던 때를 물었다. 나는 이렇게 대답했다.

"저는 춤을 추고 있다는 실감조차 가져 본 적이 없습니다. 매일 같이 춤을 췄지만 나 자신은 그것을 춤이라고 느껴 본 적이 없다는 얘기입니다. 그러니 춤을 추며 행복했던 적이 있을 리가 없습니다. 나는 춤을 추는 법도 춤을 추며 행복을 찾는 방법도 배워 본 적이 없습니다. 단지 발레를 잘하는 사람이 되고 싶었고 조금씩 자라게 될 때마다 약간의 성취감 같은 걸 느꼈을 뿐입니다. 물론 그런 건 오로지 내 쪽의 문제입니다. 나는 춤을 통해 행복을 찾는 이들을 몇 명인가 만나 왔고 그들을 볼 때면 아, 저 사람은 정말 행복하게 춤을 추는구나, 하고 감탄했기 때문에 역시 내가 이런 대답밖에 할 수 없는 것은 내 쪽의 결함이 분명합니다. 그러니 당신께서는 마음껏 행복하게 춤을 췄으면 좋겠습니다."라고.

다정한 대답을 기대하며 질문했을 독자에게 그렇듯 단호한 태도로 대답을 돌려줬다는 사실에 마음이 불편했지만 그것이 다름 아닌 나의 진심이었다.

그러니 나는 두 번 다시 춤을 추지 않아도 좋다. 다시 춤을 춰야 할 이유가 없는 것이다. 이런 결론을 도출하기까지 그간 남몰래 여러 시행착오를 겪기도 했다. 그러나 이렇게 시간이 지나 생각이 정리되고 나니 정말로 간단한 얘기가 되고 말았다. 진작 그만두길 잘했다는 것. 나는 글을 쓰는 일을 좋아하고 나의 글과 사진을 좋아하는 이들을 만나게 되어 행복하다. 그러니 글을 쓰고 사진을 찍을 이유야 충분하다. 나는 더 이상 글을 쓰지 않는다거나 사진을 찍지 않고는 좋을 수 없는 사람이 된 것이다.

이렇게 될 줄도 모르고 발레를 그만둘 적에는 당장 하늘이라도 무너진 것처럼 불안에 떨었다. 그러나 인간은 언제나 모든 불안의 배후로부터 용기를 발견했다. 인류의 메커니즘은 얼추 그런 공식으로 설정된 것이다. 그 사실을 알고 나면 불안이라는 것을 사뭇 다른 태도로 받아들일 수 있게 된다. 나는 저녁 공연 리허설을 앞두고 두 번 다시 춤을 추지 않겠다고 결심하며 집으로 돌아가던 때의 명랑한 심장 박동을 기억한다. 그 순간 걷잡을 수 없이 얼굴 위로 번져 가던 미소를 기억한다. 또 엄습해 오는 불안감에 밤잠을 설치는 한편, 어쩌면 내가 글을 쓰는 사람이 될지도 모른다고 생각한 새벽을 기억한다. 그날들의 설렘과 흥분을 잊지 않는 한 나는 앞으로도 어디로든 떠나갈 수 있다. 정말로 그렇게 믿고 있다.

불안의 배후에는 용기가 있고, 용기의 배후에는 가능성이 있다. 비록 불투명한 가능성에 불과할지라도 그것을 소중히 여길 때, 우리는 무엇이든지 될 수 있는 존재로 거듭난다.

한 시절과의 작별을

예감한 어느 오전

이 세상에 존재하는 수많은 기상 방식 가운데, 오늘 아침은 이메일 수신 알람을 듣고 잠에서 깨어나는 것으로 정해졌다. 나는 핸드폰에서 울리곤 하는 수신음 중에서 이메일 알람을 가장 좋아하기 때문에 그것은 비교적 기분 좋은 축에 끼는 기상 방식이었다. 나는 핸드폰을 집어 들었다. 내가 기대하는 건 메일링 서비스 구독자의 답장이라거나 그렇지 않아도 소식이 뜸해 신경 쓰이던 바다 건너에서 주문한 몇 장의 레코드와 관련된 메일이다. 하지만 따끔거리는 눈꺼풀 사이를 비집고 들어와 읽히는 메일 제목은 별로 달갑지 않았다.

조만간 종강을 앞둔 <디지털 영화 제작 워크샵>과 <교양 독어>의 기말 과제 안내였다. 핸드폰을 떨어뜨린 뒤 눈을 감고 생각에 잠겼다. 두 수업에 마지막으로 출석한 게 언제인지 헤아려 보는 것이었다. 캠퍼스에 단풍이 핀 걸 본 기억이 없다. 중간 과제에 손을 댄 적도 없다. 이후 추가로 떠오르는 몇 가지 기억을 근거 삼아 유추하건대 마지막 출석은 최소 한 달 하고도 몇 주 전의 일이었다. 즉, 잠에서 깨어나 기말 과제 메일을 읽었다고 해서 머리를 싸매고 괴로워할 필요는 없는 거였다. 기쁘게도. 출석 횟수보다 결석 횟수가 많아서야 대학 설립

이후 가장 뛰어난 과제를 제출한다고 한들 내게 주어질 성적은 없다.

　나는 지난 몇 학기를 졸업 요건을 염두에 두지 않은 채 건성으로 다녔다. 거기에 무슨 대단한 재미라도 있겠냐만 그저 재미로 다녔다고밖에 고를 말이 없을 정도로 대충 다녔다. 그러나 일단 대학이라는 곳도 놀고 도는 사람이 많다고 해서 득을 보는 입장이 아니다 보니 나 같은 놈이 언제까지 물을 흐리고 다닐 수 없도록 학칙이 마련되어 있다. 그리고 그 학칙이라는 것에 의하면 이번 학기는 내가 퇴학당하기 전에 다닐 수 있는 마지막 학기였다. 더 다녀야 할 이유를 찾기보다 더 다닐 방법을 찾는 게 어렵게 되어버린 거다. 가용한 휴학 기간을 모두 소진했고 미리 받아둔 학사 경고 2회, 그리고 앞서 언급한 두 과목에서 받게 될 성적으로 인해 일어날 세 번째 학사 경고. 마침내 나는 이 권태로운 대학 생활 끝에 제적 요건을 모두 충족시킨 것이었다. 그렇다면 오늘 아침에 내가 들은 메일의 알림은 이런 것이었다. 처분을 예고하는 알림. 추방을 암시하는 알림. 수순에 맞춰 진행되는 메타포와 복선들. 엔딩 크레딧. 끝맺음.

새삼스러운 얘기지만 나는 동요하지 않았다. 아니, 조금이라도 동요할 만한 이유를 찾을 수 없다고 하는 쪽이 정확하다. 예상 밖에서 일어난 일은 한 가지도 없다. 놀랍도록 모든 것이 예견된 바 안에서 순탄히 진행되고 있을 뿐이다. 몇 달 전에 나는 어떤 생각을 갖고 영화 제작과 독어를 공부하려 했을까. 잘 기억나지 않는다. 필시 무언가 충분한 동기가 있기야 했을 텐데. 하지만 이제 와서는 직접 찍은 10분짜리 영화를 한 편 더 갖는다고 해서, 독일어를 읽고 발음할 줄 알게 된다고 해서 그것들이 확실히 보증하고 나서는 경우의 수가 무엇인지 조금도 알 수 없어졌다. 무언가 근사한 일이 생겨날 거라는 보장도, 불행한 일을 겪고 말 거라는 보장도 없다. 하기야 보장한 바를 확실히 보증까지 해 두는 사안이 대학 밖이라고는 있었던가. 부지런히 출석할 것이냐 몇 번쯤은 결석할 것이냐. 장학금을 노릴 것이냐 놀 것이냐. 지금이라도 휴학할 것이냐 마음 편히 학사경고를 받을 것이냐. 마침내는 고졸이 되느냐 대졸이 되느냐. 전부 하찮은 일처럼 느껴진다. 하잘것없는 선택의 연속이었으니 결과도 하잘것없다. 심지어 그 모든 선택을 해치우고 나서도 한 가지로 수렴되는 경우의 수도 없다. 그러니 새삼 동요할 것도 없다. 마음에 품은 뜻이

중요한 거니까. 그것만 중요하니까.

배나 채우기로 한다. 적어도 굶느냐 먹느냐 하는 선택에는 중요한 점이 있다. 끼니를 거르면 하루가 고달파지고 제때 먹어 두면 좀 나은 것이다. 나는 블라인드를 걷어 방 안에 빛을 들인 뒤 차가운 커피를 따르고 땅콩버터와 딸기잼을 꺼내 식빵에 듬뿍 발라 식탁에 앉았다. 한 입 베어 문다. 듬뿍 발린 딸기잼이 빵과 빵 사이에서 흘러내린다. 다급히 입을 가져다 댄다. 차갑고 달다. 몹시 달아서 기분이 좋아진다. 좋아진 기분으로 퇴학을 당하는 것과 제 발로 그만두는 것 중에 어느 쪽이 더 명예로운 일인가를 궁리한다. 보통이라면 스스로 자퇴하는 쪽이 그나마 명예로운 일일 테지. 하지만 나는 A+ 개수보다 F의 개수를 먼저 세고, 하나만 자랑하라고 하면 내가 수집한 F가 몇 개나 되는지 떠들고 싶은 사람인데.

이런 얘기를 하자니 잊고 있던 고등학교 시절, 한 선배의 얼굴이 떠오른다. 그는 점심시간이 되면 화단에서 잡은 사마귀를 입안에 넣고는 여자애들에게 다가가 아, 하고 입을 벌려 놀라게 하곤 했다. 나는 곤충을 무서워하기 때문에 그 기행을 지켜볼 때마다 몹시 눈살을 구겼는데, 한편으로는 그에게 기묘한 동정심을 느끼기도 했다. 재미 삼는 일이 겨우 저런 일이라고 하면 어쩐지 약간 측은해지는 것이었다. 한데, 입안에 넣은 사마귀를 자랑하는 것이나 대학에서 받은 다량의 F 학점을 자랑하는 것이나 매한가지가 아닌가. 스스로가 약간 측은해지려 한다.

달다. 빵을 먹는 것인지 잼을 먹는 것인지. 정신이 몽롱할 만큼 달다. 꼭 꿈을 꾸고 있는 것만 같아서 달력을 꺼내 살폈다. 화요일이다. 웬일로 일찍 일어났으니 아마 지금쯤 출석지에 적힌 내 이름 옆으로 빗금이 쳐지고 있을 거다. 살랑이는 봄바람이 강의실 창 사이를 슬쩍 비집고 들어올 때, 그 나른한 몽중몽은 정말로 좋았는데. 그럴 때면 대학이란 곳은 좋구나, 생각했는데. 이듬해 봄에는 만끽하지 못하게 되었다. 언제부턴가 통 보이지 않는 최형준 학생은 빵을 입안에 욱여넣고 씹고 있다. 윽, 달아, 하며 혀를 꺼내 물고 있다.

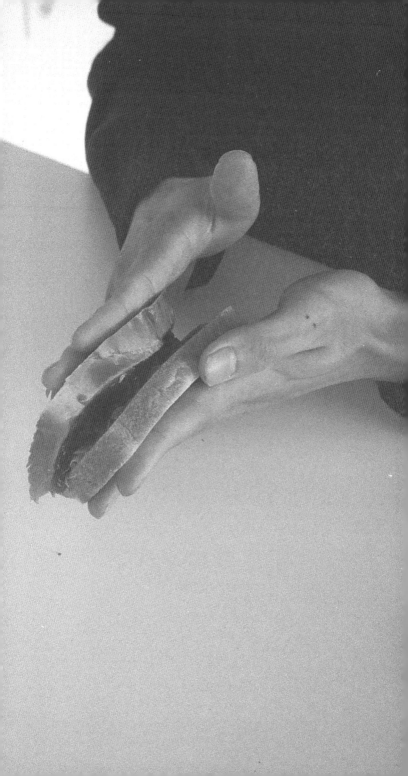

감기에 걸린 날

요즘 들어 1년째 보살핀 여인초와 야자의 상태가 몹시 좋지 않다. 물을 너무 많이 줘서 그러는 건지 너무 안 줘서 그러는 건지 모르겠다. 물을 더 달라는 건지 그만 달라는 건지 모르겠다는 거다. 잎이 희끄무레한 걸 보면 물을 그만 달라고 하는 것 같기도 하고 약간 타들어간 이파리 끄트머리를 보면 물을 더 달라고 하는 것만 같기도 하다. 나는 마시고 남은 물을 화분에 쪼르륵 부었다. 어떤 반응인지 잠자코 지켜보지만 역시 좋아하는 내색도 괴로워하는 내색도 읽어 낼 수가 없었다.

자전거를 타고 귀가하던 중 별안간 비가 쏟아졌다. 신발 몇 켤레를 놓을 신발장을 사 오는 길이었다. 구태여 중고물품을 거래한 건 아무렇게 던져 벗어 놓은 신발들을 하루도 더 그냥 보고 있을 수 없어서였다. 지금 당장 수납하지 않으면 다른 일은 도저히 할 수 없겠다 싶어서였다. 그러다 완전히 젖어 버렸다. 젖어 버린 것만으로도 서러운 일인데 재채기가 멎지 않는다. 열도 조금 나는 것 같다. 이런 일이 일어날 줄 알고 이주 전쯤 엄마가 나를 편의점으로 데려가더니 해열제니 소화제니 그런 것들을 잔뜩 사 주었다. 괜찮다고, 필요 없다고 하는데도 이것저것 골라 담았다. 나는 식기 수납장을 열어 잔뜩 쟁여 둔 일회용품 사이에서 해열제를 찾는다.

은박을 벗기고 비튼다. 알약을 물과 함께 넘기자 조금 나아진 기분이다. 묘하게도 몸이 아파지려고 하니까 미뤄 둔 일을 해치우고 싶어졌다. 앞뒤가 맞지 않는 일이다. 아파지려고 할 때야 미뤄 둔 일을 하고 싶어지는 게. 화장실로 들어가 설거지를 시작한다. 와인 잔 몇 개만 닦을 요량이었는데 일단 시작하고 보니 이상하게 기운이 나서 한동안 쌓아 둔 설거짓거리를 모두 해치운다. 이곳은 화장실. 화장실이다. 몸을 씻길 때와 식기를 닦을 때 같은 거울 앞에 서는 것에 나는 이제 완전히 익숙해졌다. 마치 당연한 일처럼 되어 버렸다. 세상 사람 모두가 이 꼴로 산다는 듯이. 대책 없는 혼용. 용도와 쓰임의 어긋남. 그게 내 팔자 같은 거라면, 역시 모든 게 잘 되어 가고 있는 중이다. 하품과 재채기가 한 호흡에 우겨져 촉발된다.

재채기가 멎지 않는다. 알약 두어 개로는 넘어가 주지 않을 성싶다. 별안간 신발장을 두기로 한 게 잘못이었을까, 자전거를 타고 나간 게 잘못이었을까. 사실상 잘못은 날씨가 했지. 하지만 평소 몸에 좋은 걸 좀 먹어 뒀더라면 이 정도는 거뜬히 넘겨 버렸을까. 핸드폰이 울린다. 한 시간 전쯤 내게 신발장을 팔아넘긴 상대로부터 도착한 메시지다. 그녀는 내게 여자 친구가 있냐고 묻는다. 하던 일을 멈춘다. 실은 뭘 하고 있지도 않았지만, 뭘 안 하는 것조차 멈춰 버린다. 별안간 눈에 거슬리던 구두 몇 켤레의 잘못일까. 때마침 신발장을 팔려고 내놓은 상대의 잘못일까. 사실상 잘못은 외로움이 했다. 이 도시 전체에 뿌리를 내린 외로움. 얘도 쟤도 청춘인데, 외롭기는 매한가지다. 기운이 조금 모이려고 하면 어김없이 재채기가 터져 나온다. 흩어져 버린다. 한기가 돈다. 서둘러 목도리를 감는 일이 생애의 전말보다도 중요한 일이 되어버린다.

원래 이것보단 우아하게 산다. 음악도 듣고 책도 읽고 글도 쓰고 사진도 찍는다. 커피도 마시고 와인도 마시고 치즈도 먹는다. 하지만 오늘은 신발장을 구해 오고 감기에 걸리고 설거지를 한 게 전부다. 기분을 고쳐 먹으려 담배를 입에 문다. 이걸 피우면 더 안 좋아질 텐데. 이 상황을 타개하는 데 도움이 될 리가 없는데. 개의치 않고 한 대라도 더 태우는 것이 우아한 일인지 한 대라도 덜 태우는 것이 우아한 일인지 알 수 없어진다. 끝내는 한 대라도 덜 피우기로 한다. 물고 있던 담배는 내일 피워 줄게, 하고 깨끗이 닦은 와인 잔 안에 넣어둔다. 이것보다 나은 이야기가 발생할 내일로, 거기로 가는 티켓을 미리 끊어 둔다는 개념으로.

침대로 뛰어든다. 잠이 오지 않는다. 재채기도 멎지 않는다. 약 기운이 몸 전체에 퍼지기를 기다린다. 엄마가 사준 해열제를 먹었으니까, 아마도 곧 나을 거다. 열도 내리고 잠도 올 것이다. 이건 꼭 엄마가 불러 주는 자장가를 듣고 있는 것만 같다. 이럴 때면 되고 싶은 게, 갖고 싶은 게, 이루고 싶은 게 다 무슨 소용인지 싶다. 엄마가 사 준 약을 먹고 후일을 도모할 수 있다는 것만으로 충분하다는 기분이 든다. 엄마가 약을 사 준다는 것. 약이 몸에 든다는 것. 나는 낫고 있다. 잠과 가까워진다. 점진적으로. 낮은 속력으로. 미처 해치우지 못한 일들이 하나둘 떠오른다. 쌍욕을 퍼붓고 돌아서 나오고 싶지만 내일이 되면 다시 만나게 된다. 고개를 조아리며 되뇐다. 오늘은 제가 좀 아팠어요. 다시 해 봅시다. 다시 해 봅시다.

EPILOGUE

이 책은 2022년 봄에 쓰기 시작해 같은 해 겨울을 끝으로 초고 집필을 마쳤습니다. 이후 부크럼 출판사와 함께 착실히 남은 작업을 해나갔고 현재는 이렇듯 책의 가장 마지막 단계인 에필로그를 쓰고 있는 만큼 날씨도 한풀 꺾여 몸도 마음도 다소간 평안을 되찾은 시점입니다.

마지막까지 엄살을 부릴 생각은 없지만 작업의 막바지를 향해 내달리던 겨울 동안에 제가 생활하는 작업실은 정말로 추웠습니다. 잠깐 들르겠다고 하는 사람이 있으면 얼른 뜯어말리고 봤을 정도로 말입니다. 분명 몇 해 전만 해도 날이 아무리 추워도 여름에 비하면 겨울이 미남인 줄 알았는데, 여름은 조금씩 정이 붙는 반면에 겨울은 갈수록 미워지기만 하더군요.

그러던 어느 날에는 겨울을 대신해 작업실 창밖으로 내려다보이는 전선주 하나를 좋아해 보자고 다짐했습니다. 그걸 좋아하면서 어떻게든 봄이 올 때까지 버텨볼 작정이었습니다. 한데, 일부러 한 번씩 내다보며 좋아하자, 좋아하자, 생각했더니 겨우 몇 번 만에 정말로 그 전선주를 약간 좋아하게 됐습니다. 그 덕에 책상 앞에 붙어있기가 조금은 수월해져서 잘하면 봄이 오기 전에 책이 완성되겠구나 짐작했는데, 정말로 그렇게 됐네요.

　　마침 며칠 뒤면 작업실 재계약 날짜가 다가오는데 저는 이곳에서 한 해 더 맹렬히 방랑하기로 결정했습니다. 나를 위해 애써주는 더 많은 것들을 좋아하면서 말입니다.

　　마치 어딘가에 정착한 것만 같은 기분 좋은 착각을 만끽하며, 최형준 씀.

방랑기

1판 1쇄 인쇄 2023년 02월 28일
1판 1쇄 발행 2023년 03월 10일

지 은 이 최형준

발 행 인 정영욱
편집총괄 정해나
기획편집 라윤형
디 자 인 차유진

펴낸곳 (주)부크럼
전 화 070-5138-9971~3 (도서기획제작팀)
홈페이지 www.bookrum.co.kr
이메일 editor@bookrum.co.kr
인스타그램 @bookrum.official
블로그 blog.naver.com/s2mfairy
포스트 post.naver.com/s2mfairy

ISBN 979-11-6214-440-4 (03800)